El Fantasma de MOZART

Colección

Los Pentasónicos

El Fantasma de MOZART

Inés Gregori Labarta y Javier Gregori

Ilustraciones de Juan Antonio Peña

edebé

Proyecto: Grupo edebé
Dirección editorial: Reina Duarte
Diseño: Luis Vilardell
Ilustraciones: Juan Antonio Peña

Paseo de San Juan Bosco, 62
08017 Barcelona
www.edebe.com

2.ª edición

ISBN 978-84-236-8725-1
Depósito Legal: B. 39172-2008
Impreso en España
Printed in Spain
EGS - Rosario, 2 - Barcelona

Índice

1. La música 7
2. Jaime 23
3. Rosa 41
4. Braulio 49
5. Clara 57
6. Miguel 72
7. El concurso 84
8. Los ensayos 101
9. Prohibido entrar 112
10. Un poco de música 126
11. El primer concierto 139
12. Próxima parada: Salzburgo 156
13. El laberinto 168
14. Los ruidos de la noche 191
15. ¿Se puede perseguir a un fantasma? 204
16. El desafío 219
17. Un escondite perfecto 234
18. Misión cumplida 255
19. La venganza 272
20. El gran día 277
21. La final 292

1. La música

La música tiene poderes mágicos. Jaime lo descubrió el día que fue al banco a cobrar el cheque de la pensión de su abuela. Dejó el estuche de su viola encima del mostrador y, cuando fue a abrirlo para sacar el papel, el cajero se puso supernervioso y empezó a darle un montón de fajos de billetes nuevos.

—Tranquilo, chaval, no dispares, que tengo ocho hijos, mi mujer se ha fugado con el fontanero y los del banco no me dan ni para comer pavo en Navidad.

Jaime pensó que el hombre se había vuelto loco de repente, algo, por cierto, bastante habitual en una ciudad tan contaminada y estresante como la suya. Así que, sin darle mayor importancia, se metió tranquilamente los

billetes en el bolsillo y salió de la sucursal escuchando (por los cascos y a todo volumen) el último tema de su grupo favorito: Los Despistados. Por eso no pudo oír la alarma que sonó cuando cerraba la puerta del banco.

Al día siguiente todos los periódicos publicaron la misma noticia en primera página:

«JOVEN ATRACADOR ASALTA UN BANCO CON UN FUSIL AMETRALLADOR ESCONDIDO EN UN VIEJO ESTUCHE DE VIOLÍN»

Pero como a Jaime no le gustaba leer, tampoco se enteró de nada.

Su abuela, al ver todo aquel dinero, dio un triple salto mortal y se apuntó a un crucero alrededor del mundo. Su madre pudo pagar, por lo menos, parte de la hipoteca a cincuenta años del apartamento en el que vivían. Todo un lujo: treinta metros cuadrados, que en Madrid costaban igual que una mansión en Miami. Por lo tanto, a Jaime sólo le quedó un par de monedas para alquilar una *peli,* eso sí, algo subidita de tono.

Y todo comenzó cuando vino al cole la nueva profesora de música. Era el primer día de clase y el jaleo era monumental. Los repetidores perseguían a los novatos tirándoles las sillas, las chicas bailaban encima de las pocas mesas que quedaban en pie y el resto hacía lo único que sabía hacer bien: discutir de fútbol, a grito pelado, en un rincón.

La puerta del aula de 1.º B se abrió y entró una señorita muy delgada. Como era habitual, nadie le hizo el menor caso, hasta que sacó algo de su bolsillo y pegó un pitido que casi les deja sordos a todos.

—Bien, ahora que habéis podido comprobar que vuestra boca también se puede cerrar —les dijo—, vamos a hacer un poco de música.

Toda la clase dio un bostezo de hipopótamo y siguieron hablando, como si nada. Era la primera vez que la profe entraba en aquel instituto, y tardó casi una hora en encontrar su aula gracias a la ayuda desinteresada de dos expulsados que mataban el tiempo tomando el sol en el patio.

—¿A nadie le gusta la música? —volvió a la carga la profesora novata.

—Yo toco un instrumento de viento desde que era muy pequeño —gritó uno de los *trirrepetidores.*

El primer día era fundamental para determinar quién mandaba en la clase: la profe... o los repetidores.

—¿No me digas? —cayó en la trampa—. ¿Cuál?

—Éste —el alumno se puso en pie, señaló su culo con un dedo y se echó un pedobomba.

Menos mal que en ese momento sonó la sirena del instituto, los alumnos salieron disparados y la profesora se libró de la carcajada más humillante de toda su carrera.

A la mañana siguiente corrían las apuestas en la fila de 1.º B. Unos apostaban su paga de la semana a que la nueva profe de música había huido a Madagascar; otros, en cambio, al Polo Sur, y a nadie se le pasaba por la cabeza que se atrevería a abrirle un parte de expulsión al trompetista en cuestión.

Sonó otra vez la sirena y todos entraron en la clase pensando en qué se gastarían el dinero fácil que iban a ganar aquel día.

A primera hora tocaba otra vez música, y los

comentarios fueron subiendo de tono mientras el pelotón se acercaba al aula.

Los empollones fueron, como siempre, los primeros en intentar abrir la puerta y entonces... una misteriosa energía comenzó a invadir el pasillo. Al principio, les pareció ver una gran mancha, como la materia oscura del universo, que lo envolvía todo a su paso. Pero luego, poco a poco, aquella fuerza desconocida del cosmos los fue atrayendo, uno a uno, como si se tratase de un inmenso y devorador agujero negro.

A esas alturas nadie podía escapar ya de su enorme campo de atracción y, cuando el pelota de la clase, medio aturdido, por fin pudo abrir la puerta del aula de música, aquella materia secreta explotó en mil pedazos dejándolos petrificados.

Ahora podían oírlo: era simplemente música, pero qué música. Era tan dulce como la mermelada de fresa, pero, a la vez, mientras la saboreabas, te transmitía unas tremendas ganas de vivir.

—¡Apagad la radio, que no oigo lo que me dicen por el móvil!

Borja, el chuleta de 1.º B, no hablaba nunca, simplemente daba órdenes. Su padre era el presidente del AMPA, la Asociación de Madres y Padres de Alumnos, y a pesar de sus continuos abusos, ningún profesor se atrevía a castigarle.

Pero la melodía que entraba a raudales por sus orejas era tan bella que nadie pudo mover ni siquiera un dedo.

—¡¡¡Que le deis una patada a esa maldita radio!!! —volvió a gritar el aprendiz de mafioso.

Sin embargo, por primera vez en su vida, nadie le hizo caso, porque todos estaban como hipnotizados.

Ajena a todo esto, la música volvió a aumentar su intensidad durante unos segundos, como si estuviese escalando el pico más alto del mundo. Cuando llegó a la cima, todos dieron un suspiro de alivio, pero les sirvió de poco. De golpe, las notas se precipitaron de nuevo al vacío, dejando en los oídos la misma sensación de vértigo que cuando te lanzan hacia abajo por la rampa de una montaña rusa. Uff. ¡Aquello era increíble, soberbio, espectacular...!

Sin dejarlos descansar ni un segundo, la melodía arrancó otra vez y, en esta ocasión, las notas los cogieron del cuello de la camisa y los fueron arrastrando hacia la entrada del aula. Era imposible escapar a su encanto y todos acabaron metiendo la cabezota por el hueco de la puerta para poder averiguar, de una vez por todas, qué estaba pasando realmente allí. Se quedaron patidifusos: la nueva profesora estaba tocando el piano.

La mayoría de la clase sólo había visto antes uno de aquellos armatostes negros por la tele, y fue durante apenas unas milésimas de segundo, porque enseguida habían cambiado de canal. Desde pequeños, la música clásica les alteraba los nervios y a más de uno, incluso, le salían granos rojos de lo alérgicos que eran.

Sin embargo, lo que oían ahora era diferente. Las manos de la profe no apretaban las teclas blancas y negras del piano, más bien las acariciaban, y el sonido envolvía todo su cuerpo y lo suspendía en el aire. Además, aquello debía de ser contagioso, porque todos se sentían flotando dulcemente, como una nube blanca en medio del cielo azul del verano.

Ellos todavía no lo sabían, pero la música los había transportado a otra dimensión, donde el oxígeno era más puro, la luz más brillante y el suelo menos duro que una crema de chocolate.

—¡Vaya subidón! —se dejó llevar Débora envuelta por la música—. Y sin tener que tomar ninguna pastilla de ésas.

—¡Dejadme pasar, atajo de besugos con patas! —la desagradable voz de gallito de Borja rompió el hechizo musical que les había atrapado a todos.

—¡¿Te quieres callar ya de una vez?! —la delegada de la clase era la única que, de vez en cuando, se atrevía a enfrentarse al chuleta del cole—. No nos dejas oír el piano.

—¡Bah..., música clásica! ¿Desde cuándo os gusta esa papilla pegajosa de ruidos cursis?

Los dedos de la profe novata dejaron de patinar sobre el teclado y un «¡¡¡¡Ooooh!!!!» muy largo se oyó en todo el pasillo.

Por aclamación popular, el piano volvió a sonar, con más ganas, y los zapatos de los alumnos ya no pudieron aguantar su ritmo frenético y se pusieron a bailar como poseídos por el mismísimo diablo. Y tras los pies fueron los brazos, las caderas, el ombligo y hasta el esternón. En muy poco tiempo, todo el mundo estaba bailando. No sabían muy bien por qué lo hacían, pero se dejaban llevar por cada compás con los pelos erizados. Todos movían el esqueleto... menos Borja.

—¿Tú también, Diplodocus? —estalló de ira—. Le diré al entrenador que ahora te has apuntado a ballet y te tendrá tres días dando vueltas al campo de fútbol y haciendo flexiones con los codos hasta que se te pase la calentura.

Diplodocus había nacido demasiado grande para meterse en la ropa de su edad y, desde entonces, alquilaba sus músculos al mejor postor. El mes pasado, le habían fichado como defensa central del equipo de fútbol del colegio, y él aceptó porque era un trabajo fácil. Su única misión consistía en neutralizar a

todo rival que osara colarse en su área. Y lo de «neutralizar», en el diccionario personal de Diplodocus, incluía patadas, puñetazos, zancadillas traicioneras y toda clase de mamporros. Eso sí, la gracia consistía en poner carita de angelito todo el rato, para que el árbitro no se acabara mosqueando.

Por fin, la música del piano cesó y la clase, desinflada, se dejó caer en las sillas. Estaban agotados, igual que al acabar la hora de gimnasia, pero con una ligera diferencia: una radiante sonrisa iluminaba sus rostros. No se lo habían pasado tan bien desde que los profesores estuvieron de huelga cuatro meses y les dieron aprobado general.

—¿Sacamos la flauta, señorita? —preguntó la delegada mientras el resto le clavaba una mirada asesina.

La flauta era el único instrumento musical que todos conocían. Te obligaban a comprarla cuando cumplías los cinco y, luego, te pegabas años y años soplando y soplando por ese tubo de plástico malo. ¿Y qué eras capaz de hacer cuando tu madre tenía visitas y te obligaba a tocar aquel artilugio? Nada, aparte de unos pitidos estridentes, que parecían sacados de la banda sonora de una película de terror.

—No, chicos, este curso os propongo un cambio —la profe se levantó tranquilamente de su taburete, cerró la tapa del piano y lanzó un desafío a la clase—: nada de flautas baratas. Esta vez haremos música de verdad.

Silencio absoluto. Nunca la clase estuvo tan callada como ese día. Hasta las moscas se asustaron tanto que se quedaron congeladas sobre las tapas de los libros.

—¿Qué os parece, chavales? —volvió a repetir la profe, pero nadie se atrevió a abrir la boca—. Solamente necesito unos voluntarios y, con un poco de ganas y disciplina, os demostraré que cualquiera de vosotros puede tocar una bonita pieza musical.

—¿Como ésa que acabamos de oír? —preguntó Miguel, que siempre metía la pata.

—Bueno..., ésa exactamente no; es un poco difícil para vosotros. No obstante, os prometo que la vuestra será mucho más divertida.

—Yo me presento volun... —Miguel levantó el brazo con energía y Borja se lo retorció antes de que la profesora se diera cuenta.

—¿Sí, Miguel? ¿Así te llamas, no?

—Me presento voluntario... para ir al servicio a hacer pis.

—Está bien, está bien —la profe trató de salvar la situación—. Tenéis tres días para pensarlo. Os estaré esperando en mi despacho.

2. Jaime

Primer día. Ningún voluntario.

Segundo día. Voluntarios: 0. Negativos en la clase de *mates:* 7. Derrota sin paliativos, como dirían los comentaristas de fútbol en la tele.

Tercer día. Pocos seguían pensando en la clase que la música clásica era peor que una inyección en el culo, con una jeringuilla para caballos, pero... la maldición de Borja pesaba demasiado:

—Os lo advierto —les amenazó a la salida de clase—: quien se ofrezca voluntario es hombre muerto.

El primer día la profe novata estuvo esperando durante doce horas seguidas y el conserje casi la deja encerrada en el colegio. Al día siguiente, se mordió todas las uñas (hasta las de los pies, si hubiera podido) de puro nervio, y el tercero... El tercero, cuando faltaba sólo media hora para que terminara el plazo y estaba redactando su carta de dimisión, alguien tocó a la puerta.

—¿Sí? —gritó sorprendida la profesora.

No podía creérselo: ¡tenía un voluntario! Arrugó la hoja de papel que estaba escribiendo y la arrojó con energía a la papelera.

—Puedes pasar, seas quien seas.

Era Jaime, el despistado de la clase. Había faltado un par de días porque el día de su

cumpleaños se había dado un atracón de tortitas con nata y estuvo vomitando cuarenta y ocho horas seguidas.

—Oye, Jaime —le dijo su compañero de pupitre cuando volvió a la escuela—, la profe de música te andaba buscando. Como nadie quería hacer una redacción sobre un músico que se tiraba pedos con su prima, lo sorteó y..., chaval, mala suerte: te ha tocado.

—¿A mí?

—Sí, a ti. Creo que a la salida de clase te espera en el aula de música para darte no sé qué libro, para que te inspires un poco.

—¿Y si no voy?

—Cero al canto. Así es la vida, chaval. Unos tienen dinero y mujeres, y otros, como tú, mala sombra.

Cuando sonó la sirena de la última hora, todos salieron en estampida de la clase y, como una ola gigantesca, se llevaron por delante a todo ser viviente que estuviera taponando los pasillos durante ese momento tan esperado. Jaime, en cambio, ese día cerró el libro de *natus* muy despacio y se dirigió al aula de música arrastrando los pies.

Si la clase hubiera estado en la otra punta de la ciudad, habría tardado una semana en llegar de lo lento que iba, pero, como estaba a tan sólo unos metros, pronto se topó con la puerta.

«Toc, toc, toc», golpeó la madera con los nudillos y se arrepintió enseguida.

...

«Toc, toc, toc», la mano se le puso al rojo vivo.

No tenía otra alternativa. El trimestre anterior le pusieron cinco ceros seguidos en el boletín de notas, y su padre le tuvo los sábados sacando carretillas con pedruscos durante un mes. Los tomates que

sembraron después en el huerto de su abuelo salieron muy buenos, pero Jaime no quería, por nada del mundo, repetir la experiencia.

—¡Pasa! —por fin una voz le contestó desde el interior del aula—, está abierto.

—Venía por lo del trabajo.

—Tenía entendido que, cuando un ser humano entra en un sitio, tiene que decir «Buenas tardes». Pero, claro, igual tú acabas de aterrizar de otro planeta y todavía no has aprendido a decir eso.

—Eh..., bueno... —Jaime no sabía cómo salir del atolladero.

La nueva profe de música estaba realmente majara.

—¿Y bien?

—Ah, sí... Buenas tardes.

—Así está mejor. Podemos empezar de nuevo. Entra y siéntate, por favor.

—No, si yo sólo venía por lo del trabajo ese que me ha tocado —balbuceó con unas ganas enormes de salir de allí cuanto antes.

—¿Así, sin más? —se extrañó la maestra.

—Sí, ¿qué tengo que hacer?

—Ve a una tienda de música y compra un violín, el que más te guste. ¿Entendido?

—¿Un violín? —preguntó Jaime sin entender nada de nada; aunque, por lo menos, una cosa tenía ya clara: la profe de música estaba como una regadera.

—Sí, has oído bien. Supongo que tendrás algo de dinero guardado en algún calcetín sucio. ¿A que sí? Pues ha llegado el momento de sacarlo.

—¿Y qué pasa con el músico que se tiraba pedos delante de su prima?

—Ése era Mozart. Desde muy pequeño demostró tener unas cualidades excepcionales para la música, y su padre decidió explotarlo exhibiéndolo por media Europa como un mono amaestrado. Por eso, con tanto viaje, no tuvo una infancia normal y, cuando creció, se seguía comportando, en muchos casos, como un niño pequeño con ganas de jugar.

—¡Ah...!

Aquella misma tarde Jaime acabaría delante del escaparate de una vieja tienda de música, sin dejar de maldecir al compañero que le había gastado aquella broma tan pesada.

—Ahora eres el voluntario «pringao» número uno —le explicó, muerto de risa, su colega, que le estaba esperando en el pasillo—. ¡Felicidades!

Jaime le dio un empujón y tuvo que copiar mil veces en la pizarra: «No pegaré a un amigo del alma».

Encontrar la tienda de música todavía fue más difícil. Atravesó las amplias avenidas del extrarradio, recorrió tres barrios y, al final, no tuvo más remedio que atreverse a ir al centro urbano. Cualquier chico de barrio odiaba aquel lugar: estaba lleno de pijos.

Resultado en la práctica: había visto 200 bares, 100 restaurantes, 20 supermercados,

15 estancos, 10 farmacias, 5 grandes almacenes de ropa de marca e incontables puestos callejeros de pastillas de diseño. Pero ¿es que a nadie se le había ocurrido abrir una tienda de música en su ciudad?

Sólo le quedaba una salida. Llamó al teléfono de información y, después de esperar media hora, la única contestación que consiguió fue: «Información no disponible. Gracias por su llamada. Estaremos encantados de poder atenderle de nuevo.»

Agotado como una mula de carga, se dejó caer en el banco de una plaza y se clavó siete vidrios en el culo, los restos de un botellón.

Las lágrimas le nublaron la vista y, entonces, entre la niebla, encontró la tienda de música. No le extrañó que pasara desapercibida: tenía el aspecto de un almacén viejo de antigüedades. O algo peor aún: una biblioteca. Jaime nunca había entrado en una, porque el polvo le hacía estornudar y los libros acumulan mucho en los estantes desde que los ni-

ños de tres años tienen su propio ordenador personal.

Jaime se extrañó: dentro, no se veía ni un alma, ni tampoco ningún rótulo luminoso de ésos que te obligan a comprar cosas que, hacía apenas unos segundos, ni siquiera sabías que existían.

Si de él dependiera, hubiera salido corriendo de allí y no hubiera parado hasta llegar a su casa, pero un «cero patatero» en música, la única asignatura que solía aprobar, acabaría con la paciencia de sus padres y le abocaría a un verano negro. No tenía otra salida. Llamó al timbre y, en el interior, retumbó un eco lejano y lúgubre: «Ta, ta, ta, tá..., ta, ta, ta, tá...»

Nada. Ni la puerta se abría de forma automática, como en los centros comerciales (¿por qué será?, ¿para que te atiborres pronto de objetos inútiles?), ni el timbre volvió a sonar, aunque Jaime se pasó otros diez minutos con el dedo pegado en el pulsador.

—Perdone, señora —abordó a una transeúnte que pasaba por allí más perdida que un astronauta en un zoológico.

—¡Yiú! —adoptó una postura imitando a los guerreros *ninja* que había visto en la tele—. No te acerques, muchacho, o te doy con el paraguas.

—Tranquila, señora, que no soy un ladrón de abuelitas indefensas.

—¡Ah, eso está mejor! —se tranquilizó bajando el paraguas.

Hacía meses que no llovía, pero ella seguía llevándolo como arma de ataque.

—En este barrio ya no te puedes fiar de nadie. Al menor descuido te sacan la navaja hasta los bebés de seis meses.

La mujer hablaba sin parar y, cuando Jaime pudo meter baza y hacerle una pregunta, se volvió a enfadar:

—¿Otra tienda de música por aquí cerca? ¿Tú dónde te crees que estás?, ¿en el Teatro Real?

Y se fue dando bandazos con su paraguas

para practicar sus ejercicios semanales de defensa personal.

Jaime iba a abandonar, por imposible, la búsqueda del violín, cuando un muchacho, más o menos de su edad, le abordó:

—¿Eres un cliente de mi abuelo?

—¿Quién, yo? —se asustó Jaime; que él supiera, sólo era cliente de un videoclub y más exactamente de la sección de *pelis* X.

—Ya veo que no. Además, no tienes pinta de músico —le aclaró abriendo la puerta de la tienda con una llave oxidada y que chirriaba como una cadena de bici sin engrasar.

—¿Y qué pinta tienen los músicos, si puede saberse?

—Eso depende. Los clásicos andan siempre despistados y llevan la ropa más gastada que el abrigo de un esquimal. Los *rockeros,* en cambio, nunca han pisado una bañera ni hacen visitas al peluquero. Los *raperos* usan cuatro tallas de más y arrastran los pantalones a modo de felpudo, y los del pop, ésos visten como los pijos y sólo se ponen gafas de sol de diseño.

—¡Ahhh!

—Entra, camarada, que eres el primer cliente que veo este año. Mi abuelo se va a poner supercontento cuando se lo cuente.

Jaime no lo tenía nada claro. Por un lado, quería entrar y acabar cuanto antes. Pero, por otra parte, estaba sopesando la idea de llamar al manicomio para preguntar si se les había escapado un interno con pantalones ceñidos, un mechón rojo en el pelo y camiseta con agujeros.

—¿Desea algo el señor? ¿O vienes de visita diplomática?

Jaime desechó la segunda opción, entró en la tienda y se palpó el bolsillo. Antes de nada quería comprobar que aún no le habían robado el dinero que llevaba en el bolsillo. No, ahí estaba. Tomó aire y disparó a bocajarro al aprendiz de dependiente:

—Necesito un violín urgentemente.

—¿Urgentemente? —se extrañó el atacado—. ¡Vaya memo!, ¡confundir esta tienda con una farmacia de guardia!

—Es que es verdad.

Era la primera vez en su vida que Jaime necesitaba algo de los demás. Hasta esa misma tarde su mayor deseo había sido poder ser invisible. Nunca lo había conseguido del todo, pero Jaime no dejaba de intentarlo: le gustaba vestir de negro, dejaba que las greñas le taparan la cara y nunca llevaba nada en la ropa que brillara. Sólo abría la boca para comer y sus pies, más que pisar, levitaban para no hacer ruido. Además, como su madre compraba su ropa en el mercadillo callejero de los viernes, nadie se fijaba en él. Su nariz, puntiaguda y respingona, era la única parte de su cuerpo que se atrevía a sobresalir para disgusto de su dueño.

—¿Tienes fiebre, chaval?

—No creo —se defendió Jaime tocándose la frente.

—Tú no necesitas un violín, sino un psiquiatra.

—Por favor, ayúdame.

—¿Quién te ha puesto una pistola en el pecho para obligarte a comprar un violín?

—Mi nueva profe de música.

—Ahh..., haber comenzado por ahí —el joven dependiente se alejó unos pasos—. Tranquilo, no eres el primer alumno al que su profesor de música le muerde en la yugular y le inocula el virus de la música.

—No sé de qué me hablas.

—Mira, hay que modernizarse. Olvídate del violín y coge una de esas guitarras eléctricas de ahí enfrente. Tienen un mogollón de vatios y son capaces de despertar de la siesta hasta al vecino medio sordo del último piso.

—Ya, pero no me sirve para aprobar.

—No hay problema, cómprate una gaita digital. Ahora están de moda y te puedes forrar tocando en el metro.

—Es que... el violín me es imprescindible..., vital, diría yo, para...

—De acuerdo: mensaje recibido —el pequeño vampiro, digo dependiente, se colocó detrás del mostrador y sacó un diminuto ordenador portátil—. Están ahí, en aquel rincón, y ahora no me molestes que tengo que *chatear* con mis futuros ligues.

—¿Vale cualquiera? —quiso saber Jaime, agotado después de atravesar una maraña selvática de instrumentos de mil tipos y colores.

—No, hay uno que está en oferta, porque nadie lo quiere.

Y ése cogió Jaime. No en vano, lo de la música era algo temporal, para salir del paso, para que sus padres se alegraran de que hubiera aprobado una asignatura. Por eso no quería gastarse demasiado. Además, llevaba años ahorrando para comprar una videoconsola de última generación. Eso sí que valía la pena.

—No digas que no te lo advertí —le amenazó el dependiente mientras le daba las vueltas y machacaba, con su nave espacial, dos colonias enteras de alienígenas que querían invadir la Tierra.

Jaime salió de la tienda con el estuche del violín al hombro y, de pronto, se convirtió en un bicho raro. Todo el mundo se le quedaba mirando y algunos, incluso, creían que estaban soñando.

—¿Qué has hecho, Jaime? —le reprendió la profesora de música nada más verlo entrar en su despacho.

—No lo he robado, se lo juro.

—Y eso que llevas ahí, ¿qué te crees que es?

—Un violín.

—Pues no —le corrigió—, es bastante

más grande, aunque, claro está, no tanto como un violonchelo.

—¡¿Qué?! —preguntó Jaime, que empezaba a asustarse.

—Eso es una VIOLA. ¿Has guardado el *ticket* de compra?

—No.

—Pues con ella te quedas. Y cuidado, porque, si la tocas demasiado, igual te contagia.

Jaime no pudo dormir esa noche, pensando en el sinfín de enfermedades malignas que podía pillar por haberse comprado una viola... de oferta.

3. Rosa

Ya estaba. La pobre e indefensa presa había logrado dar con el escondite adecuado. Allí estaba segura..., al menos, por el momento. Y justo cuando empezaba a serenarse..., ¡lo oyó! Los pasos del depredador, que buscaba a su próxima víctima. Rosa trató de que su respiración fuera lo más

suave posible, e intentó acallar hasta los latidos de su corazón. Cualquier ruido, por leve que fuera, podría ser detectado por la bestia.

—Rosa..., amorcito... Rosita, ven, vamos...

¡Ajá! De nuevo el cruel depredador intentaba atraerla por medio de aquellas falsas y dulces palabras. Pero Rosa se sabía ya todas sus tretas, y no pensaba caer en ellas. Hizo oídos sordos. Pareció que el monstruo carnívoro se alejaba, quizá se daba por vencido y se retiraba a su guarida.

La niña esperó, y cuando ya todo estaba en calma..., salió. Iba a encerrarse en su cuarto hasta la hora de cenar y no pensaba aburrirse: tenía a mano una videoconsola, el ordenador y una TV portátil. Cuando, de repente, su superentrenado olfato detectó algo. Snif..., snif... ¿Qué era ese delicioso olor?

Rosa olvidó todos sus trucos de camuflaje y, cerrando los ojos, dio unos pasos siguiendo aquel exquisito rastro, que la llevó directamente a la cocina. Y..., ¿sabéis lo que vio? ¡Un helado! Pero no era uno cualquiera..., era un helado de chocolate blanco semiderretido (tal y como a ella le gustaba), espolvoreado con virutas de chocolate negro, mezclado con un chorrito de caramelo líquido, y pinchado por dos barquillos de galleta crujiente.

La boca se le hacía agua, se acercó para probarlo, y... ¡ZAS! Del armario donde se guardaba la fregona, salió disparado el depredador y se abalanzó sin compasión sobre su pobre víctima.

—¡Ah, ja, ja! ¡Te he pillado, Rosa!

La chica intentó deshacerse de su madre. ¿Cómo pudo no haberse dado cuenta antes de que todo era una trampa? Realmente el helado de chocolate blanco era su perdición.

—¡Venga, suéltame ya, mamá!

—No hasta que no des tu clase de piano.

¡Clase de piano! ¡Horror! ¿Alguien ha oído hablar de una tortura peor que se inflija a los pobres e inocentes niños? ¡Clase de piano! ¿Acaso, alguna vez, Rosa había hecho algo tan terriblemente malo para merecerse semejante castigo?

—¡No, mamá, por favor!

—Vamos, Rosa..., ¡tienes que ensayar todos los días! Me lo prometiste hace dos semanas. Además, ¿qué tienes tú en contra de la música? ¡Si es lo más bonito que hay en el mundo!

—Sí, sí, mamá, pero... ¡hoy no me apetece! Quizá mañana —musitó, con la esperanza de que su madre la dejase marchar, pero ella no era de las que se dejan convencer fácilmente.

—Oh, Rosa..., ¿cuántas veces vas a decir «mañana»? ¿Es que no te gusta cómo damos la clase? Mira, esta vez va a ser diferente. ¡Sólo ensayaremos diez minutos! ¿Vale? Fíjate, voy a poner el cronómetro —le enseñó su reloj—, y, cuando suene la alarma, podrás irte. Y ahora..., ¡a tocar!

La pobre madre de Rosa tuvo que arrastrarla (esto no es ninguna metáfora, ni nada que se le parezca) hasta el sillete del viejo piano de pared, y sentarla allí, lo que constituyó un verdadero reto.

—¡Buaaa! ¡No quiero tocar el pianooooo!

¡Lo que faltaba! Ahora Rosa se ponía a llorar a moco tendido.

—Venga, cariño..., ¡si es muy bonito! Luego,

cuando seas mayor, te sentirás orgullosa de poder dominar un instrumento tan difícil.

—¡Me voy a quejar a la sociedad de protección de menores, porque me estás torturandooo!

—¿Torturando? ¡Anda, deja ya de decir tonterías o me enfadaré! A ver, empieza con el calentamiento.

—¡Buaaa! No quiero, ¡el calentamiento es un rollooooo!

—¡Pero es necesario! Si no, cuando lleguemos a las canciones, te equivocarás enseguida.

—¡Nooo!

—¡Sí!

—¡Noooooo!

—¡Sí!

—¡Nooooooooooooo!

—¡Sí!

¡RIIIIIIING!

El cronómetro sonó, y Rosa, más veloz que un rayo, salió disparada a su cuarto. Su madre suspiró. Otra clase como ésa... y no sobreviviría para contarlo. Menos mal que el resto del tiempo transcurriría en paz y armonía... hasta la tarde siguiente.

Luego Rosa creció y se convirtió en un ser tan mandón como su madre. Al mismo tiempo, tocar el piano desde pequeña le desarrolló sus facultades mentales y comenzó a coleccionar nueves con ocho en los exámenes de *mates.* Un día sus compañeros de clase la nombraron delegada de curso y eso acabó de forjar su carácter serio y disciplinado.

Su única bandera era la lógica y hasta los rizos de su pelo, de un bonito color castaño oscuro, parecían ordenados siguiendo los cánones clásicos de la escultura griega. Sus ojos, marrón glasé, tenían una curiosidad infinita y, aunque necesitaba gafas para ver de lejos, se las ponía poco para no fomentar más su fama de empollona.

Rosa fue siempre la más lista de la clase y esa aparente ventaja se convirtió en algo muy incómodo para ella, porque cada día la alejaba más de sus compañeros.

4. Braulio

Todos los componentes de la banda La Trompeta Inoxidable estaban allí. Todos. Hasta el tío abuelo Jeremías, que llevaba dos meses hospitalizado desde que, en las pasadas fiestas del pueblo, se le ocurrió (para hacerse el chulo delante de una chica) tirarse al ruedo en plena corrida de toros.

—¡Cuidado, Jere! —le gritó su mujer, muerta de miedo—. ¡¡¡Que ya no tienes ochenta años!!!

—¡No, si a este novillo me lo toreo yo! —fue lo único que pudo decir, antes de que fuese arrollado por aquel morlaco de más de 500 kilos de peso.

El diagnóstico médico definió, en pocas palabras, su lamentable estado: «Espachurramiento total de todos y cada uno de los huesos del cuerpo». Como los enfermeros no le dejaban salir, José María, su hijo, los entretuvo con una de sus amenas charlas sobre la proporción habida entre la adyacente de la metafísica y la química superatómica del vacío del ciberespacio, mientras que otros componentes de la banda se encargaban de «raptarlo». Así consiguieron traerlo a Bandaburgo, más muerto que vivo, con el gotero en una mano, y medio escacharrado. Pero en fin, como ellos mismos decían, «todo sea por la banda».

El bisabuelo Pepe, tataranieto del fundador

de La Trompeta Inoxidable, fue el primero en tomar la palabra.

—¡Hola, gente! En vez de leeros uno de esos discursos tan rollazos, que ha preparado el tío José María para que os recuerde cómo se fundó la banda...

—¡Pero, abuelo! —protestó el aludido—, si esta vez lo he hecho muy abreviado: ¡sólo tiene cuatrocientas noventa hojas!

—He pensado que preferiríais cantar conmigo el himno de la banda.

—¡¡¡BIEEEEEEEEEN!!!

A esas alturas, todos estaban muy alegres. ¡Por fin habían conseguido librarse de aquellos larguísimos discursos!

—¡Comencemos! —el bisabuelo cogió la escopeta de caza que siempre llevaba encima, por si alguien no tuviera ganas de cantar, y la agitó a modo de batuta.

Somos los leales componentes
de La Trompeta Inoxidable,
de todas las tierras de España
la banda más inolvidable.

Por el honor de nuestra banda,
habremos de sacrificarnos
y dar incluso nuestra vida
si eso fuera necesario.

Por nuestras venas corren
notas de sangre y fuego
y, armados con nuestras trompetas,
subiremos hasta el cielo.

Somos la mejor banda de Bandaburgo
y a los de La Flauta Mágica
que les den por el...

—¡¡¡Alto ahí!!! —Astolfa, la hija de Pepe, interrumpió el himno justo en el clímax final—. ¡¡¡Suprimid la siguiente palabra!!! ¿¡No veis que hay un niño delante!?

—¡Vamos, mujer! —le interrumpió a su vez su marido, el abuelo Tomás—, conviene que aprenda la lección desde pequeñito. ¿A que sí, Braulito? ¿Quién es nuestro eterno rival?

—¿Rival?, ¿qué rival? —exclamó Pepe—. Dirás esa pandilla de bobos que se creen nuestros oponentes.

—En cualquier caso, no pienso permitir que pervirtáis a un pobre niño inocente —gruñó la abuela.

—Está bien —rezongó el bisabuelo—. Cambiaremos la palabra en cuestión, para evitar disputas familiares. Empecemos de nuevo por la última estrofa: «Somos la mejor banda de Bandaburgo y a los de La Flauta Mágica que les den por...»

Astolfa agitó su bastón con energía, dando a entender que quien se fuera de la lengua tendría que vérselas con ella.

—«Que les den por... ahíííííí» —concluyeron todos señalando con un dedo tan delicada parte del cuerpo humano.

—Bien —dijo Pepe—, ahora procedamos a la tradicional ceremonia de iniciación. Porque para mí es un honor que Braulio, mi bisnieto, quiera entrar en nuestra banda de trompetas.

Todos aplaudieron, y la abuela Rosario se echó a llorar de emoción.

—Hijo mío, acércate.

Braulio obedeció sumisamente y se arrodilló delante de su bisabuelo. Éste abrió un viejo estuche de cuero y sacó una trompeta aún más vieja que él. El metal estaba tan oxidado que corría el riesgo de desintegrarse de un momento a otro. Sin embargo, el oficiante la levantó con mucho cuidado, le dio un par de escupitajos, la dejó medio reluciente y, sin fijarse en la cara de asco que

ponía el iniciado, le dio suaves toques con ella en la cabeza y los hombros, mientras le decía:

—Yo, José V, tataranieto del venerable José I, el fundador de nuestra banda, te nombro trompetista del mejor grupo del mundo (y parte del universo). Espero que, con la ayuda de Dios, consigas sacar de esta trompeta que te entrego sonidos celestiales y que, con ellos, fulmines de envidia a todos los que se crean mejores que nosotros. Ya está —concluyó satisfecho—. Ahora, sopla por la mítica trompeta de José I, que te entrego como prueba de amor paternal.

Temblando de puro nerviosismo, Braulio lo hizo. Un sonido penetrante, que te perforaba el oído, hizo que a todos se les pusieran los pelos de punta. Y en ese momento, se sintió más feliz que si le hubiesen regalado una superconsola de última generación.

Braulio tenía las medidas perfectas para ser un tonel de vino, pero pocos sabían apreciarlo. Cuando era un bebé, le había caído encima una bandeja repleta de pasteles de nata y esa experiencia infantil marcó el resto de su vida. Su cuerpo fue hinchándose día a día, hasta que rompió la báscula del colegio y el profesor de gimnasia le puso a dar vueltas y más vueltas alrededor del patio. Aunque comer tanto azúcar por lo menos dulcificó su carácter y, gordo o no, a todas las chicas de su clase les hubiera gustado tener un hermano tan buenazo como Braulio.

5. Clara

Un día más de clase. La pobre Tina, la profe novata de música, no sabía aún lo que le esperaba. Pero pudo imaginárselo nada más abrir la puerta de la sala de música. En un principio, ni siquiera se atrevió a entrar, pues sabía que, si lo hacía, corría el riesgo de sufrir un ataque al corazón. Por fin, cuando se decidió a asomar con cautela la cabeza, lo que vio le hizo replantearse muy seriamente su vocación de educadora.

La escena que tenía ante sus ojos bien podría haber sido protagonizada por un centenar de monos recién sacados de sus jaulas, y con la adrenalina a tope. Pero el problema estaba en que no se trataba de animales. No. Eran seres humanos, más bien bajitos, a los que se suponía que tenía que enseñar algo. Y encima se trataba de música. En aquel mismo instante, tuvo ganas de hacer tres cosas:

1. Largarse a su casa y tomarse diez tilas seguidas, para intentar calmar sus nervios.

2. Dejar su trabajo como profesora, e irse a un monasterio budista para pasar el resto de sus días intentando recuperar su paz interior.

3. Coger una pistola y liarse a dar tiros a diestro y siniestro.

Tina estaba a punto de decantarse por la tercera opción, pero recordó lo que le habían explicado en la asignatura de nociones básicas de reeducación para pequeños energúmenos, y se puso a contar hasta diez. Y cuando creyó que ya había recobrado la imprescindible calma, dijo en voz alta:

—Buenos días.

Nada. Ningún cambio. Bueno, sí: Diplodocus se puso a golpear las teclas del piano con la cabeza del pelota de la clase.

—Está bien —murmuró la profesora, mientras sentía cómo la furia más furibunda volvía a invadir su cuerpo, a pesar de la técnica de relajación rápida para profesores en apuros, que acababa de practicar—. ¡Si no es por las buenas, será por las malas!

Se acercó al cajón de su mesa, donde guardaba su arma secreta: el silbato. Pero no había terminado de abrirlo, cuando ya le pareció oír el familiar pitido. ¡Unos chicos lo habían cogido, e intentaban arbitrar un improvisado partido de fútbol en medio del aula!

—¡Esto ya es demasiado! —se abalanzó sobre ellos, tras sortear un montón de discos de música clásica esparcidos por el suelo—. ¡Trae eso aquí! —le arrebató el pito—. ¡Y sentaos todos ahora mismo! ¡Ya! ¡¡¡O si no pongo un parte a toda la clase!!!

Aquello sí que funcionó. Sobre todo, porque los partes incluían trabajos de interés general, tipo pasarse los recreos de una semana limpiando retretes.

Poco a poco, la mayoría de los alumnos y alumnas se fue sentando disimuladamente en sus sillas, con cara de «aquí-no-ha-pasado-nada».

—Lo de los partes también va por los que están jugando una partida de póquer en la última fila.

Por fin, los *trirrepetidores* y los secuaces de Borja se dieron por aludidos y se dispusieron a imitar al resto de sus compañeros de clase, aunque soltando una mezcla de gruñidos y tacos por la interrupción.

La clase se quedó unas milésimas de segundo en silencio, algo casi imperceptible, como la caída de una estrella fugaz.

—Bueno, ahora parece que podemos dar la clase —se alegró la profesora novata y tocó madera varias veces—. Empezaremos hoy con un aviso: faltan voluntarios para el grupo musical. Sólo tenemos tres: Jaime, Rosa y Braulio. Y dije grupo, no trío. ¿A quién le apetece? ¿Nadie? Sube nota. ¿Ni con eso? Bueno, da igual.

Y se dejó caer en la silla. No había esperado otra reacción, aunque se preguntó en qué demonios estaba pensando cuando decidió hacerse profesora de música.

La clase volvió a convertirse en un infierno y sólo la sirena del instituto aplazó por un día aquella sesión de tortura para profesores nuevos.

—¡Eh! ¡Esperad!

A la salida, Rosa se lanzó, a todo correr, detrás de la pandilla de chicas más popular del instituto. Tenía una idea para codearse con ellas. Las cinco muchachas se volvieron a la vez, tratando de averiguar quién se atrevía a llamarlas cuando se encontraban tan ocupadas despellejando al resto de sus compañeras.

—Soy yo, Rosa, la delegada.

La miraron por encima del hombro, lanzándole una de aquellas miradas de desprecio en las que eran mundialmente expertas. Querían evaluarla, para ver si merecía la pena malgastar palabras con ella.

—Vaya..., mirad quién viene por aquí... Qué desastre... ¡No lleva ropa de marca!

—¡Y la coleta sujeta con un lápiz! ¡Qué mal gusto!

—Pues anda, que esos calcetines desparejados —terminó Clara—. Vámonos, chicas, tenemos personas más *elegantes* con las que perder el tiempo.

Así eran las normas para ellas. Si no llevabas ropa de marca, no eras nadie en la vida.

—¡Esperadme! —justo cuando iban a darse la vuelta, Rosa las alcanzó—. ¡Sólo quería hablar un segundo contigo, Clara!

—¿Conmigo? —la aludida se volvió con cara de sorpresa.

—Es por lo de la música, ¿sabes? Estamos haciendo un grupo, pero nos falta gente preparada y me preguntaba si...

—¡Hoy estoy megaocupada, quizá otro día! —le comunicó rápidamente Clara—. ¡Adiós!

Por supuesto, nunca había pasado por la cabeza de Clara la idea de apuntarse a un estúpido grupo de música. De hecho, una de las asignaturas que más suspendía era ésa, así que no tenía ningunas ganas de pasar más tiempo del estrictamente necesario en compañía de esa extraña especie en extinción que sacaba sonidos raros soplando por unos tubos. Se despidió del resto de su pandilla y abrió la puerta del portal de su casa. Entonces, oyó por primera vez aquel ruido extraño y vibrante.

—Mamá, creo que la vecina de abajo tiene una fuga de gas en su cocina.

—Tranquila, hija, es el regalo de cumpleaños que le hemos hecho a tu hermana.

—¿Regalo?

Arqueó una ceja. ¡Pero si su hermana ya había pedido la colección entera en DVD de su serie favorita, *Pasión de murciélagos!* O... ¿había algo más?

—¿Qué es? ¿Qué es? —se fue corriendo al cuarto de Sandra, y la vio agarrando una...

—¡Guitarra! Es mona, ¿verdad? —le dijo su hermana mayor.

Clara sintió que ardía de rabia. Y llegados a este punto, ya va siendo hora de que contemos una antigua historia.

Empezaremos por lo más importante: Clara quiere MUCHO a su hermana mayor. ¿Ha quedado claro? Lo cual no evita (como suele suceder) que las dos tengan de vez en cuando sus peleas. Y es que Clara, aunque es más pequeña que su hermana, no quiere ser menos que ella.

Por ejemplo, el día en que Sandra cumplió los diez años, pidió unos zapatos con cuña. Su hermana, por no ser menos, unos zapatos de veinte centímetros de tacón de aguja.

—No sé cómo va a andar mi hija con semejantes zancos —le comentó la madre al empleado de la zapatería—. Pero, en fin, si es lo que quiere...

Cuando Sandra tuvo once, llegó el primer brillo de labios. Entonces Clara fue a la perfumería del barrio y se hizo con el carmín más chillón que pudo encontrar.

A los doce, su hermana mayor se encaprichó con un gato. Esta vez, ella pidió un tigre de Malasia. Los padres no consintieron, pero no por nada. Simplemente argumentaron que no habían encontrado ninguno en la tienda de animales del centro comercial del barrio. Además, tenían el presentimiento de que, cuando creciera, el cachorrito en cuestión no los iba a considerar más que como un sabroso tentempié, pero esto no se lo dijeron a su hija, para no acomplejarla de mayor.

Por los trece años su hermana quiso hacerse un segundo agujero en la oreja. Clara, por su parte, ni corta ni perezosa, se fue a un tenderete del mercadillo, y se hizo no dos, sino diez. Resultado final: la oreja le quedó como un colador, y cogió el tétanos, porque, por lo visto, la aguja con la que le habían hecho los agujeros no estaba convenientemente esterilizada.

Y ahora, a los catorce, su hermana se encaprichaba con una guitarra... Pues ella no iba a ser menos.

Ese mismo día le soltó una buena excusa a su madre y se dirigió a una tienda de música. Su misión: comprar un instrumento, por lo menos mil veces mejor que el de su hermana.

—Quiero un instrumento pequeño, fácil de tocar y con un sonido sofisticado —dijo de un tirón al viejo calvo que estaba detrás del mostrador.

—Psche... —el hombre se tiró de los tres pelos que aún le quedaban—. Me parece que pides mucho... Humm... Con un sonido sofisticado... ¿Qué tal un piano? Como es de color negro, pega bien con todos los muebles del comedor.

Clara inspeccionó el instrumento con ojo crítico.

—No me gusta, es demasiado grande y, con ese color, parece un ataúd —dictaminó.

—Mujer, si lo encargas, te lo puedo traer de color rosa pálido.

—No. Además, tiene demasiadas teclas. Quiero una cosa que sea más fácil de tocar.

—¿Y esto? Es pequeño y coqueto —le mostró un violín polvoriento—, ideal para una niña lista como tú.

—Demasiado... antigualla. ¡Quiero algo de aspecto moderno! —exigió.

—Ahí tengo guitarras eléctricas, y quizá...

—¡Tiene que ser algo más que una simple guitarra!

—¡Pues...! —el dueño de la tienda de música comenzaba a hartarse de aquel jueguecito de las adivinanzas, cuando Clara vislumbró algo que brillaba en el escaparate, en medio de un montón de partituras de segunda mano.

—¿Y eso?

—¿Esto? —el viejo sacó el objeto.

—¡Qué chulada, parece muy guay por fuera! ¿Qué es? —le había gustado aquel brillo, y ese color platino, a lo *fashion.*

—Una flauta travesera. Y mira, además ocupa poco —le mostró el estuche, y la desmontó de forma que pudiera entrar en él.

—¡Vaya!

—Y suena muy bien. Oye, algo me dice que tú estás hecha para tocarla. ¿Por qué no te la llevas? Están en oferta y tus padres pue-

den venir a pagarla cuando puedan —le soltó con ganas de acabar de una vez por todas.

—Bueno, a primera vista es chula —Clara se quedó pensativa—, pero... ¿es mejor que una guitarra?

—¿Mejor? —el anciano, ante la perspectiva de vender su primer instrumento en varios años, decidió poner toda la carne en el asador.

Desde que cometió la acción suicida de abrir una tienda de música (cuarenta años atrás) sólo había conseguido vender un par de atriles, un diapasón y cuatro partituras de *rock* duro. Menos mal que también vendía tabaco de contrabando que si no...

—¡Menuda pregunta de pardilla! —dijo—. ¡Claro que es mejor! ¡Es más, te garantizo que estás a punto de comprar el más maravilloso y completo de los instrumentos!

—¡Entonces, me la quedo!

—Sí, pero... hay un pequeño problema, hermanita: ¿sabes tocarla? —le preguntó su hermana mayor nada más regresar a casa y restregarle el regalo que pediría en su cumpleaños y que en la tienda ya le habían cedido por adelantado.

—Esto... yo... —trató de buscar una excusa.

—Lo digo porque yo me acabo de apuntar a unas clases de guitarra en una academia y pienso dar un concierto de Navidad a los abuelos. ¡Ah! ¡Y en mi academia no dan clases de flauta! ¡Todavía no han caído tan bajo!

Oh... ¡Menudo problema! ¿Cómo no se le había ocurrido antes? ¡Ya se estaba imaginando el panorama de las próximas Navidades! Sandra tocando, todos aplaudiendo y ella aburrida en un rincón. Tenía que evitarlo a toda costa. Pensaba tocar la flauta como fuese, aunque tuviera que pagar un precio muy alto...

—¡Rosa!

—¿Sí? —la aludida se giró hacia la voz y vio que Clara venía con un sospechoso maletín negro en la mano.

—Mira, me he traído mi flauta travesera. ¿Cuándo empezamos a ensayar?

La cara de Clara era una máscara funeraria: labios repintados, colorete en las mejillas y cejas depiladas. El pelo, largo y negro, resbalaba por su espalda como una cascada en pleno deshielo, y su boca, cuando no la abría para chillar, era pequeña y regordeta. Tardaba horas en arreglarse y había algo que odiaba con todas sus fuerzas: la gente que sale de fiesta en chándal. Resumiendo: parecía una muñeca de porcelana, menos cuando se enfadaba. Entonces, su cintura se ensanchaba, se ponía a resoplar como el tubo de escape de un camión y sus ojos despedían rayos láser.

6. Miguel

Bajito y delgado, de piel morena y orejas de soplillo, Miguel estaba en la edad en la que sólo se es consciente de una cosa: que algunas chicas están buenísimas. Tenía lengua de serpiente, la cara de una foca furiosa y no se peinaba jamás, porque creía que el pelo descuidado enloquecía a las mujeres. Nunca andaba de buen humor, pero a la gente le caía bien por un rasgo poco común que poseía: en las riñas se llevaba siempre todos los golpes y eso sin duda era una ventaja cuando ibas con él.

Si tuviera un perro famélico, hambriento y con muy malas pulgas, seguro que le pondría el nombre de Miguel, en honor a nuestro nuevo amigo. Además, si ladrara a la menor ocasión, pero se escondiera también debajo de mis piernas a la menor respuesta, no tendría ninguna duda: ése sería su nombre ideal.

Miguel (no el perro, sino el que anda a dos patas) es así: pequeño pero valiente, bravucón y, a la vez, cobarde, más falso que un Picasso en un garaje, pero, en el fondo, un angelito tierno y sentimental.

Con sus virtudes y «minúsculos defectillos», como diría él mismo, Miguel (el humano, no mi futuro perro) entró en el mundo de la música por pura casualidad. Su vecino de arriba, un muchacho de su misma edad, aunque bastante más alto, como le pasaba también con el resto de su clase, se vio obligado, por consejo materno, a tocar el clarinete. La madre juraba y perjuraba que asistía a la mejor academia de clarinetistas de la ciudad, pero de aquel tubo negro sólo conseguía sacar unos pitidos horribles como los de una olla exprés a punto de estallar.

El primer día, la vecina del 1.º A llamó a los bomberos. El segundo, el abuelo del tercero salió gritando a la calle que la Tierra estaba siendo invadida por los marcianos, que disparaban pistolas de rayos paralizantes. Y, el tercero, se agotaron las existencias de tapones de cera en todas las farmacias del barrio.

Alguien tenía que hacer algo, y ese héroe anónimo, valiente, solidario, altruista y que pusiera en peligro hasta su propia vida para poder salvar al resto de la humanidad, ¡cómo no!, fue Miguel. Primero esperó a que la madre del clarinetista se fuera al supermercado.

—Josemari —le ordenó con voz marcial antes de dar un portazo—, no olvides practicar tus cien ejercicios diarios de escalas.

«Como si no hubiera que subir bastantes escaleras en este bloque, desde que se ha estropeado el ascensor y no hay dinero en la cuenta de la comunidad para arreglarlo», pensó Miguel, a la vez que maquinaba su venganza.

La madre desapareció por el portal de la calle y Miguel, listo igual que un lince, aprovechó la ocasión para aporrear la puerta de su adorado vecinito.

—¿Quién es? —se oyó desde el interior.

Miguel casi había derribado ya la puerta con tantos golpes, pero el clarinetista no había oído nada hasta entonces debido a los ruidos ensordecedores que salían a través de su instrumento.

—Somos de la Real Academia de la Música —le mintió Miguel imitando las maneras de un emisario del rey—, y venimos a entregarte el premio al «mejor músico joven del año».

—¿A mí? —se sorprendió el presunto premiado.

—Sí, ¿no eras tú el niño superdotado que estabas tocando el clarinete hasta hace bien poco tiempo?

—Sí, señor —reconoció abriendo la puerta.

—Entonces... ¡trae aquí ese infernal instrumento o...!

—¡¡¡Miguel!!!

El vecino trató de esconder el arma del crimen (es decir, el clarinete), pero Miguel dio un salto de tigre y lo atrapó antes de que saliera volando por la ventana.

—¡Ya lo tengo! —y se dio de bruces contra la estantería del televisor, el DVD, el equipo de cine en casa, el decodificador digital, la videoconsola, el mando central...

—Miguel, cuando se entere mi madre...

—Me da igual: antes de que regrese, habré hecho picadillo este pito para gigantes sordos.

—¿No te da pena?

—¿Él o tú?

—Le diré a mi madre que has intentado matarme y que...

—¿Y qué, hijo mío?

A la madre del clarinetista se le había olvi-

dado el bolso y no tuvo más remedio que volver a casa porque, desde que compró el clarinete, ya no le fiaba ni el de la frutería.

—No pasa nada, mamá.

¿Cómo que no? A Miguel le habían pillado con las manos en la masa, es decir, con el dichoso clarinete.

—¿Y qué hace ese monstruo enano con tu instrumento?

—Tranquila, mamá, ahora es suyo —le informó su hijo con enorme satisfacción—, se lo acabo de vender por el doble de lo que nos costó. ¿Verdad, Miguel?

—Sí, sí —contestó rápidamente, porque

sólo tenía dos opciones: se gastaba todos sus ahorros comprando aquel endemoniado clarinete o... la policía le molía a palos por robo, con allanamiento de morada.

—Si ya lo decía yo —exclamó jubilosa la madre—: a mi hijo, más que la música, le van los negocios. Bien hecho, dejamos los instrumentos y abrimos una tienda de ordenadores. Si sigues así, hijo, en menos de un año nos forramos.

Y así fue cómo Miguel consiguió su clarinete.

—¿Eso qué es lo que es? —le echó en cara su padre cuando volvió del trabajo.

—Un clarinete.

—Anda, anda, deshazte de él. No quiero ver una cosa de ésas en mi casa, que luego dicen los vecinos que eres un invertido.

Pero deshacerse de un clarinete no es tarea fácil. Miguel intentó tirarlo en un cubo de basura y el barrendero le dio un escobazo.

—No te has *enterao,* chaval. Está prohibido depositar en los contenedores verdes los materiales tóxicos. Tienes que llevarlo a un depósito de seguridad.

—¿Y dónde está eso?

—¿Dónde va a estar? En un país pobre del Tercer Mundo.

Solución desechada.

Al día siguiente, Miguel quiso vendérselo a un comerciante ambulante que, en sus ratos libres, afilaba cuchillos con su bicicleta.

—*Quiá,* ni *regalao* lo quiero. ¿Quién va a querer comprar una cosa de música de ésa, babeada y todo? Cuando piratees el videojuego oficial de la Liga de Fútbol, me vuelves a buscar.

Depositarlo sobre la vía del tren para triturarlo fue su tercer intento. También fracasó: había huelga de maquinistas y no salió ni un convoy de la estación central en toda la semana.

«Quien tenga un instrumento musical, aunque sea de su tatarabuelo, que lo traiga a la clase y podremos montar un pequeño museo en la sala de música.» ¿No había dicho eso en clase la nueva profe? Entonces le sonó a chino, pero ahora la frase tenía significado para él. Es más: por fin había encontrado la excusa perfecta para deshacerse de su clarinete.

—¿Qué llevas en la mano, Miguel? —la profe puso cara de póquer nada más verlo entrar en su despacho.

Sus colegas ya le habían advertido que no se fiara nunca de Miguel, ni siquiera cuando se atragantaba por un ataque de tos malaya. Era el truco que solía utilizar siempre cuando había un examen sorpresa. Y le salía tan bien que, si Miguel hubiera sido un actor americano, seguro que ya habría ganado un Oscar por esta actuación.

—Es el clarinete de mi tío-abuelo.

—¡Perfecto! Eres el quinto voluntario que nos faltaba para completar el grupo.

—Ah, no, de eso nada, que mi padre me mata, si se entera.

—¿Otra de tus mentiras? —la profe le disparó a bocajarro.

Miguel bajó la cabeza, avergonzado, se puso el instrumento en la boca y comenzó a soplar. Los ruidos de ultratumba de su vecinito volvieron a oírse, esta vez, por todo el colegio. «Desde luego —pensó Miguel— sobre este clarinete pesa alguna maldición imposible de borrar.»

—Así no se hace —le corrigió amablemente la profe—, inténtalo con los labios relajados y...

—Sí, mi hijo toca el clarinete, ¿y qué? —se enfrentó su padre a sus compañeros de partida en el bar El penalti.

—Hombre, que no es muy normal —le hizo ver el de su derecha, un fontanero plomero, que siempre perdía, aunque hacía trampas.

—Eso mismo digo yo —le apoyó el que estaba a su lado—. Pero, bueno, bien *mirao,* aún sería peor que se hubiera apuntado a ballet.

—Tampoco hay que ponerse así —intentó ayudarle su pareja de juego—. Si sigue tocando así de mal, lo único que puede pasarle es que la *poli* le expulse del país.

—¡Shhhh!, cerrad la boca, que no me puedo concentrar en las cartas —les cortó el padre de Miguel, un antiguo boxeador que ahora se dedicaba a descargar sacos de patatas en un mercado—. Esto es lo que hay: mi hijo me ha salido músico y tiene que practicar. Y al que le pique el oído, que se rasque o se lo arranco yo de un puñetazo.

El vecinito de Miguel se convirtió en un gran hombre de negocios. Compraba ropa a cien y la vendía a mil. Y, en las comidas de empresa, siempre recordaba, con un whisky en la mano, que su imperio inmobiliario había comenzado con la venta de un mísero clarinete a un niño tonto de su barrio.

7. El concurso

—¿¡Un concurso de música!?

El director pensaba que tenía un tapón de cera en el oído derecho y que por eso no había escuchado bien. Pero la nueva profesora de música insistió e insistió hasta acorralarlo en su despacho.

—Si fuera un partido entre alumnos y profesores no pondría ninguna pega. Son gajes del oficio, aunque el curso pasado acabamos con dos piernas rotas. Al de naturales le hundieron el bazo y a la de francés, una chica muy mona que vino de París, le pusieron el codo de sombrero. Yo traté de advertirles que los alumnos están todo al año ansiosos esperando ese día, pero...

—Perdone que sea pesada, señor director —volvió a la carga la novata—. Sería muy importante para mi asignatura, un concurso de música les motivaría a aprender a tocar un instrumento y...

—¿Y si lo dejamos en un concurso de disfraces?

—No.

—¿Y qué le parece una visita al Museo de Cera, con un pase gratis para el Tren del Terror.

—No.

—Mire, le voy a dar un día libre... y asunto resuelto.

—¡No y no!

—Está bien, como quiera —accedió al fin el *dire.*

De pequeño había pedido un tambor a los Reyes y su abuelo lo tiró por un barranco al tercer día que le estropeó la siesta. Y, desde entonces, tenía una espinita clavada en no sabía qué parte del cuerpo.

—Gracias, señor director.

—No se haga ilusiones, señorita entrometida, no creo que nadie en este centro se presente a un concurso de interpretación musical. Si, al menos, fuera de karaoke...

Pero el *dire* estaba muy equivocado. El conserje puso el anuncio del concurso en el tablón debajo de un folleto de viajes al Caribe y muchos, al verlo todo junto, se confundieron y se creyeron que el primer premio consistía en pasar el verano tumbados en una playa de arena dorada tomando un cóctel tropical tras otro.

Y si para conseguirlo había que aporrear un piano durante los recreos, rasgar las cuerdas de la vieja guitarra de su tío o soplar por un tubo lleno de agujeros, estaban dispuestos a hacerlo.

Aquel año, los grupos de música surgieron de la nada en el instituto como las setas en otoño, y los alumnos rastrearon su casa, y las de los parientes más próximos, a la caza de cualquier artefacto que tuviera unas cuantas teclas o unas cuerdas que sonasen.

Borja también se quedó pasmado al ver el anuncio del concurso musical, pero por otra razón. Había convocado una reunión de urgencia y allí estaban todos los miembros de su pandilla. Pepo, el extorsionador, un ser sin escrúpulos. Sus padres le habían abandonado con dos meses en una guardería y nunca supo lo que era el calor de un hogar. Precisamente en aquel antro se encontró a Kurro, el tercero de la banda y, desde entonces, su alma gemela. Al fin y al cabo, era el único terrícola que no le ponía mala cara si quemaba una papelera o le echaba un cubo de grasa a

la cuidadora de turno. La única chica del grupo era Débora, la novia de Borja y, si ella quisiera, también del resto del instituto. Cuando se ponía minifalda, los servicios de emergencia de los hospitales se llenaban de infartos al corazón sin que los médicos, como era habitual, fueran capaces de averiguar la causa. Diplodocus cerraba el pelotón y también servía para apretujarlo con sus fornidos bíceps y tríceps, si sus integrantes se despistaban un poco, es decir, no obedecían ciegamente las órdenes de su jefe.

—Desde hoy, pertenecéis a un nuevo grupo de *rock,* que odia todo lo que suena a música clásica, ¿cogéis la idea? —les comunicó Borja a los suyos tras reunirlos en su rincón favorito del patio, un lugar maldito que ningún alumno de primero osaba pisar si apreciaba en algo su corta vida.

—Creo, jefe, que te has olvidado de un pequeño detalle —se entrometió Pepo—: no sabemos tocar ningún instrumento.

—Me da igual. No se trata de tocar, sino de aporrear. Por eso nos vamos a llamar El Escuadrón del Ruido.

—Me gusta, jefe —vociferó Kurro—, sólo tenemos que ponerle el bozal del *pitbull* de mi primo a Diplodocus, para que no cante y... asunto resuelto.

—Quiero veros todos los días, a las ocho de la tarde, en el garaje de mi padre.

—¡Qué bien! —se regocijó Débora lamiéndose los labios—, me encanta echarme en los asientos de piel de leopardo de su Ferrari.

—¿Todavía están en el desván de tu abuela las guitarras y la batería de tu tío, el ex *hippy?* —le preguntó Borja a su novia.

—Sí, creo que sólo las usaron una vez, cuando él y sus amigos tuvieron el sarampión y les dio por formar un conjunto musical.

Al día siguiente Kurro y Pepo tomaron prestados los instrumentos (por supuesto, sin pedir permiso a sus dueños respectivos) y chantajearon a un músico ambulante, que solía colocarse en un túnel del metro para ganar

unas monedas tocando una guitarra polvorienta. Durante su juventud había sido telonero de un grupo muy famoso, pero la fama y la mala vida le hicieron descarrilar como un tren de mercancías cargado de postes de hormigón. Incluso se vio involucrado en un tema de drogas y aquello hubiera acabado muy mal si su madre no lo hubiera metido en una granja de desintoxicación. Entre las ovejas y las vacas, volvió a acordarse de la música y, después de inundar el establo con sus lágrimas, se prometió a sí mismo no caer nunca más en aquel agujero negro.

Pero los de la banda de Borja se sabían toda su historia y, ante la amenaza de contárselo a la policía, el pobre músico ambulante no tuvo más remedio que aceptar darles unas cuantas clases gratis.

Y, entre clase y clase, fueron pasando los días, hasta que hicieron un nuevo descubrimiento.

—Jefe, jefe.

Los repetidores no sabían dividir con decimales, ni conjugar el subjuntivo de un verbo, ni tampoco cuál era la capital de Mongolia, pero de algo estaban completamente seguros: quién era el jefe allí.

Borja estaba haciendo juegos malabares con su novia y la interrupción le puso de muy mal humor. O mejor dicho: de peor humor que su mal humor habitual, y ya era mucho.

—Jefe, jefe...

—Cómprate una isla desierta y piérdete.

—¿Cómo, jefe? —se puso a pensar Pepo y casi se le funde la única neurona que le quedaba activa en su cerebro—. Si desde hace tres meses, no hemos cobrado la paga.

—Que te esfumes, bacalao, que ver tu jeta me da alergia.

—Es que es algo muy importante.

—¿Habéis desplumado al nuevo de 2.° B y ha resultado que es hijo de un multimillonario?

—No, jefe, su padre es comisario de policía y...

—Menos mal que ha funcionado nuestro sistema de espionaje.

—No, qué va, nos lo dijo de sopetón cuando ya le habíamos soltado el tercer sopapo.

—¡Seréis burros! Ahora tendremos detrás a toda la pasma.

—No, al final, hemos quedado como colegas. Kurro le recompuso las gafas, Diplodocus le enderezó la espalda de una palmada y yo le he prometido que, si no dice nada, le prepararemos una cita con la chica más bombón del *insti*.

—De eso nada —reaccionó Débora, la novia de Borja—, a ese escarabajo con bigote no le doy ni los buenos días.

—Ya lo suponía, pero él, de momento, aún no lo sabe.

—Venga, venga, menos cháchara, suéltalo ya que tengo prisa.

—La profe de música ya tiene sus cinco voluntarios para participar en el concurso.

—¿Cinco?

—Sí, jefe.

—¿De dónde han salido tantos lunáticos?, ¿de un circo ambulante o de Plutón?

Al recreo siguiente, la banda de Borja rodeó el tablón de anuncios del colegio. O lo que es lo mismo: echó a patadas a cualquiera que estuviera a menos de diez metros de distancia.

—No me lo puedo creer.

—¿Tenía razón o no, jefe?

En un folio de papel caro y con el membrete oficial del instituto, la profesora de música había escrito cinco nombres, con sus respectivos instrumentos musicales.

La noticia había llegado ya hasta el lugar

más inaccesible del centro: los servicios de chicos de la segunda planta, el refugio perfecto para los que habían conseguido falsificar un certificado médico y se libraban de las torturas de la clase de gimnasia.

Muchos eran los interesados en escaquearse, pero, para no levantar sospechas, se había establecido un sistema de turnos y cambiaban los motivos hasta que a uno se le fue la mano y puso: «epidemia de tifus». Al leerlo, el profesor de gimnasia resopló como un toro furioso y decretó que, a partir de entonces, sólo valían los certificados expedidos por un médico militar. Él mismo había sido cabo primero en un regimiento de limpiadores de tanques y sabía que en el ejército no se admitían bajas, si no estaban dentro de un ataúd de plomo.

—Es verdad —se sorprendió Débora—, Pepo ya ha aprendido a contar: son cinco.

—¿CINCO? —se mosqueó Miguel, a unos pocos metros de distancia, pero hacia abajo.

El cuarto de las calderas, en el sótano, también era un buen lugar para esconderse. Se estaba muy calentito y, si colocabas un cartel en la puerta con «No entren: estamos limpiando los conductos», nadie se atrevía a molestarte.

—Sí, somos cinco, ¿pasa algo? —le replicó Rosa, que era la que había organizado el primer ensayo como grupo musical.

—Cinco no es un mal número —intervino

Clara recordando su vieja afición por los temas de brujería—. No te da tanta suerte como el siete, ni siempre gana como el uno, pero, aunque no es la pareja perfecta como el dos, creo que, sin ser un trío como el tres...

—Para, para —le cortó Braulio, que se estaba mareando con tanto número—. Somos cinco y... ya está.

—Yo dimito como presidente.

—Miguel, ¿no se te olvida un pequeño detalle...? —le echó en cara Rosa.

—No, ¿cuál?

—Todavía no hemos votado nada.

—Pues vaya grupo de m...

Antes de que acabara de pronunciar la última palabra, alguien le agarró el cuello por detrás y se lo estrujó sin nada de delicadeza.

—Gracias, Braulio. Una vez restablecido el orden interno —continuó Rosa—, vamos al punto primero y único de nuestra reunión.

—Corta el rollo, que sólo nos quedan cinco minutos de recreo.

—Está bien, lo primero que necesitamos es un buen nombre para nuestro grupo. No puede ser cualquier cosa, tiene que ser original, impactante, fácil de recordar...

—Ya lo tengo: ¡Los Diabólicos! —Braulio le apretó un poco más el cuello a Miguel y la última letra se le atragantó en la epiglotis.

—¿Alguien ha dicho algo? —ironizó Rosa—. Bien, continuemos. Nuestro nombre tiene que tener gancho o...

—¡Los Trapecistas del Ritmo!

—Clara, ¿quién te ha dado permiso para hablar?

—Soy del grupo, ¿no?

—Sí, pero un nombre tan estúpido como ése provoca la expulsión inmediata.

Los cinco se enzarzaron en una discusión, en la que se arrojaron algo más que palabras. La sirena que marcaba el final del recreo los sacó de la sala de calderas, pero, mientras subían los escalones de dos en dos, seguían chillando y armando bronca y el profesor de guardia tuvo que intervenir para separarlos. Miguel tenía la zapatilla de Braulio en la boca y la mano de Rosa tenía más pelos de Clara que su propia cabellera.

El único que supo mantener el tipo, como siempre, fue el glacial Jaime.

—¿No somos cinco? —abrió por fin la boca cuando los ánimos se calmaron tras recibir la peor amenaza imaginable: que, si seguían chillando, se quedarían un mes sin recreo.

—Espera que cuente.

—Mira que eres tonto, Miguel —intervino de nuevo Rosa—, claro que somos cinco.

—¿Y acaso no tocamos cada uno un instrumento diferente, es decir, producimos un sonido distinto?

—Pues, sí, Jaime. ¿Has pillado la gripe?

—Ya está. Problema resuelto: somos... Los Pentasónicos.

Miguel se llevó las manos al cogote. Braulio se rascó la barbilla y Rosa, por primera vez en mucho tiempo, se quedó en blanco. Sólo a Clara se le iluminaron los ojillos y se puso a saltar como una rana borracha.

—¡Perfecto, perfecto, perfecto! —gritaba en cada salto.

—«Penta» significa cinco, en griego —le explicó Braulio a Miguel sin que los demás pudieran oírlo.

—¡Más que perfecto: pluscuamperfecto! —añadió este último y se puso a acompañar a Clara en una especie de dúo de batracios—. Suena a superhéroes.

—¿Hace falta que votemos? —la lógica de Rosa pronto volvió en sí.

—¡¡¡¡NOOOOOOOO!!!!!

8. Los ensayos

Tercera semana de ensayos. Vaya follón. La trompeta de Braulio les dejaba medio sordos cada vez que soplaba. La viola de Jaime era un gato salvaje al que le acababan de pisar el rabo, y la flauta travesera de Clara... te perforaba el cerebro con la misma eficacia que los taladros de los dentistas.

La profe de música movía histérica sus brazos, arriba y abajo, a un lado y a otro, como si hubiera pisado un cable de alta tensión, pero los instrumentos parecía que estaban vivos y se movían a su antojo.

—¡No, así no, está desafinado, Jaime! ¡Clara, tienes que seguir el ritmo! ¡Y no te pases de listo, Miguel!

¿Podía sonar peor? Pues sí. Hartas del maltrato, la viola, la trompeta y la flauta travesera parecía que se habían puesto en huelga y se negaban, en redondo, a ser tocadas por unos niños más torpes que un hipopótamo haciéndose la manicura.

Aquello no era una orquesta, sino una manada de elefantes con hipo bailando el vals. Sin embargo, el grupo volvió a intentarlo y la sopa de ruidos se convirtió en algo realmente insoportable.

—¡Basta, animales, basta! —gritó la profe con toda su alma y, de un golpe, cerró la tapa del piano que casi corta los dedos de Rosa.

A Braulio le dio tal susto que la trompeta se

le cayó al suelo y a punto estuvo de amputarle el dedo gordo del pie izquierdo.

—¡¡Basta!!

La cuerda *re* de la viola saltó por los aires y le dio un latigazo a la mejilla izquierda de Jaime.

—¡¡He dicho que paréis!!

El clarinete de Miguel se partió en dos ante la mirada atónita de su tocador.

—¡¡¡Todo el mundo quieto!!! —y la profesora de música se quedó sin aire en los pulmones.

Pero Clara siguió tocando la flauta como si tal cosa. La profesora novata se acercó por detrás y le quitó los auriculares que taponaban sus oídos. Una atronadora canción de *rock* invadió el aula.

—¡Eh, no me quitéis mi música! —protestó la afectada sacándose con desgana la flauta de la boca.

—¿Se puede saber qué estás haciendo? —le preguntó la profe sin poderse creer todavía lo que acababa de ver—. ¿Me puedes explicar cómo se puede tocar la flauta travesera y escuchar *rock* a la vez?

—Ah..., bueno, ¿es eso? Es cuestión de práctica. ¿Quiere intentarlo, *seño?*

—No, muchas gracias por la explicación. Se suspenden los ensayos hasta nuevo aviso.

La profe de música salió de la clase dando un portazo y Miguel intentó tirarle a Clara el trozo de clarinete que todavía le quedaba en una mano.

—Estarás contenta, ¿no, estrella del *rock?* —le echó en cara mientras el bueno de Braulio le tapaba la visión para impedir el lanzamiento.

—Pero... ¿qué he hecho para que os pongáis tan furiosos?

—¿Que qué has hecho? —se mosqueó Miguel aún más—. Lástima no haber elegido el contrabajo porque ahora lo tendrías de sombrero.

—Venga, venga, que haya paz —intervino Rosa en plan conciliador—, no se puede ensayar —y miró a Clara— si cunde el pánico.

—La verdad, no hay quién os entienda.

—Déjame que te explique —Rosa se armó de paciencia por quincuagésima vez—: has cabreado a la profe, acaba de dimitir como directora de nuestro grupo y, por lo tanto, no vamos a ganar el concurso, porque seguís tocando como ¡¡¡¡pingüinos paralíticos!!!!

—¡Eh, eh..., sin insultar! —se quejaron todos a la vez.

—Está bien —propuso Rosa al verlos venir con malas intenciones—: vamos a hacer un pacto.

—¿Un pacto de sangre? —se asustó inmediatamente el miedica de Miguel—. Uff, qué tarde es, tengo que irme a casa, mi madre está muy malita y...

—Miguel, no seas cobardica —le cortó Braulio mientras tapaba la puerta con su cuerpo inflado a base de dulces y helados de chocolate.

—Yo no tengo miedo —protestó el aludido—, a nada, ni a nadie —matizó levantando el puño en señal de cabreo—, pero me estoy meando y tengo que ir con urgencia al servicio.

—De eso nada —le cortó Rosa—. ¡De aquí no sale nadie hasta que hayamos sellado nuestro pacto!

Los cuatro se quedaron mirando a su nueva jefa de grupo sin saber qué hacer. Nunca la habían visto hablar tan en serio y eso les generaba una especie de quemazón a la altura del ombligo.

—Vale —intervino por fin Clara—, ¿qué desea vuestra majestad que hagamos sus humildes súbditos?

Rosa cogió aire y se dispuso a explicarles su plan, aunque se temía que, con la poca materia gris que cabía en la cabezota de sus compañeros, no entenderían nada.

—Coged vuestros instrumentos con la mano izquierda y colocaos en un círculo.

—¿Te refieres a mi instrumento musical o... al otro?

Miguel rompió el ambiente mágico que se había creado con su última y estúpida ocurrencia.

—¡Así es imposible! —dijo la joven pianista y empezó a guardar sus partituras en ese bolso donde llevaba de todo: bolis, lápices de colores, una agenda, la funda de sus gafas, un bloc de dibujo, un par de entradas viejas...

—Rosa, por favor, no te enfades —se le acercó Braulio con su pinta de bonachón—. Todos queremos ganar el primer premio del concurso, pero creo que no valemos para esto de la música.

—¡Sí que valéis! Lo que pasa es que sois unos vagos y no ensayáis todos los días, como os dije hace varias semanas.

—Yo sí que practico todos los días —volvió a interrumpirla Miguel con una sonrisita—. Practico todos los días... con el mando a distancia de la tele.

—¡Muy gracioso! —Rosa estaba a punto de ponerse a llorar—. Sois todos muy graciosos.

La puerta se abrió de golpe y el chivato de la clase entró con la lengua fuera. Lanzó un resoplido y el rojo de su cara se fue apagando poco a poco.

—¿Cuánto? —se adelantó Clara rascándose el bolsillo para comprobar lo que le quedaba de la paga del domingo.

El chivato siempre cobraba por sus exclusivas y... al contado. Pero, esta vez, la información que acababa de conseguir valía mucho y tuvieron que prometerle que, además, le harían los ejercicios de *mates* hasta el Día del Fin del Mundo.

—Desembucha de una vez —se empezó a impacientar Miguel—, o te meto mi clarinete por...

—Borja y su banda también se van a presentar al concurso de música.

—¡¡¡¡¿¿¿¿QUÉ????!!!! —se sorprendieron todos a la vez.

—Si me hacéis también las redacciones de lengua, puedo entrar en más detalles.

La banda de Borja era el peor enemigo que podían encontrar. Eran malhablados, soltaban mamporros por cualquier motivo, no tenían piedad ni con los más pequeños y, por si fuera poco, les olía el sobaco.

Nunca se les hubiera ocurrido pensar que esos descerebrados estarían interesados en montar su propio grupo musical. Sin embargo, por una buena cantidad de dinero, eran capaces de hacer cualquier cosa: cantar en el coro infantil de las monjas, ver un documental sobre el cuerpo humano en la tele o vender, a bajo coste, a sus respectivas abuelas.

—¡Tenemos que hacer algo! —le suplicó Clara a Rosa al darse cuenta de las graves consecuencias de aquella noticia.

—Seguro que compran al jurado o amenazan al director con volarle el coche si no ganan el primer premio —añadió Miguel, más asustado que una pulga antes de ser aplastada por el rodillo de una máquina apisonadora.

—Pienso en la banda de Borja... —se quejó también Braulio—, y se me quitan hasta las ganas de comer un buen bollo de crema pastelera.

—Ya no tenemos ninguna posibilidad de ganar —sentenció Clara.

—De eso nada —por fin se decidió a abrir la boca el que la tenía siempre cerrada—. Sólo hay una persona en este instituto que puede derrotar a Borja y sus secuaces.

—¿Quién? ¿Superman? —se burló Miguel.

—No —añadió Jaime—: Rosa.

—Claro, claro, ahora me necesitáis y, por eso, volvéis a buscarme con el rabo entre las piernas.

—Tienes que pensar algo y rápido —le pidieron todos tras despedir al chivato con una excusa para impedir que se fuera de la lengua.

—Esta noche os espero a todos en el descampado que está detrás del instituto. Allí, bajo las estrellas y la luna, sellaremos nuestro pacto secreto.

9. Prohibido entrar

«Prohibido entrar.» Juntas, éstas son las dos palabras que más atraen a los niños, y allí estaban: pintadas en letras grandes y rojas en un cartel que colgaba de una valla. Y, por si el que se acercaba no sabía leer, habían colocado también una bombilla roja, que parpadeaba junto al tablón en señal de peligro.

¿Qué había allí? ¿Un cementerio nuclear? ¿Un laboratorio ultra secreto para la fabricación de las más mortíferas armas químicas o estaban simplemente en la zona donde había impactado un meteorito que transportaba virus alienígenas?

La imaginación infantil es muy fértil, pero mucho me temo que no se trataba de nada de eso. Simplemente la valla, el cartel y la bombilla roja los habían puesto allí para impedir el paso a un solar, triste y vacío, donde iban a construir unos minipisos carísimos de treinta metros cuadrados. Todo un lujo. Los adultos son así de raros.

El sol se apagó en el horizonte y las sombras fueron tapando la valla (que era más bien bajita) hasta casi difuminarla. Sin duda era toda una invitación para entrar. Rosa no se lo pensó dos veces. Arrastró una piedra con el pie y la utilizó como trampolín para saltar dentro.

¡Alejop! Casi se cayó al suelo con el impulso del salto, pero, en el último segundo, logró mantener el equilibrio. Sin embargo, se paró de nuevo porque algo olía a peligro. Acababa de entrar en una zona prohibida y ésa era una razón más que suficiente para que mirara a todos los lados sin hacer ruido. Pudiera ser que alguien (o lo que es peor: un perro de presa) estuviera vigilando el solar.

Con una sonrisita burlona, comprobó que

no se había disparado ninguna alarma. Y... ¡victoria! Después de una larga y profunda respiración, empezó a inspeccionar el lugar con bastante calma. Luego Rosa se giró y gritó en el tono más bajo posible para no delatar su presencia:

—Miguel, ya puedes saltar la valla.

Un gran estruendo metálico, y el aludido cayó en picado, chocó contra el suelo y dio varias vueltas de campana hasta que las piernas de Rosa consiguieron parar esa especie de peonza humana.

—¡Te dije que saltaras la valla, no que te la llevaras por delante de un cabezazo!

—¡Ay, menudo trompazo! —Miguel, dolorido, se tocó todos los huesos (por si le faltaba alguno) y, desde el suelo, trató de buscar una excusa—. Ya te avisé: la valla estaba demasiado alta para mí.

—Comprendo —Rosa le riñó como si fuera su madre—. Si no faltaras tanto a las clases de gimnasia...

Miguel se levantó como pudo del suelo sin parar de hacer las más variadas muecas de dolor. Tenía toda la cara y la ropa llenas de polvo reseco.

—No creo que haya sido una buena idea entrar aquí.

—¡Cobardica!

—Sí, claro, y aún hay más —continuó exagerando Miguel—: cuando tocas la valla, te da una descarga eléctrica y se te ponen todos los pelos de punta —y le mostró su cabellera totalmente erizada—, ¡hasta los del culo!

Los pinchos de la valla también habían agujereado el pantalón de Miguel, pero eso no se lo pensaba enseñar a su compañera de clase, porque le daba mucha vergüenza.

—¡Shhh, cállate o despertarás al vigilante! —Rosa bajó la voz todo lo que pudo— y, entonces, sí que nos echarán de aquí a patadas y podrás quejarte a gusto y con razón.

Miguel se volvió a echar al suelo, pero esta vez de rodillas y con las palmas de sus manos juntas, como si estuviera rezando en una iglesia.

—¡Más golpes no, por favor, que soy muy joven para morir apaleado!

—Mira que te gusta exagerar...

—Además, está prohibido entrar aquí. Lo dice en ese cartel, por cierto, bien grande, que alguien ha puesto ahí —lo señaló con muchos aspavientos—, para que lo vea todo el mundo. Claro, menos los locos como tú.

—¡Venga, no seas aguafiestas! Si te lo prohíben, entrar es mucho más divertido.

—Pues a mí no me hace ninguna gracia, que lo sepas —Miguel volvió a la carga—. ¿O acaso has olvidado también que éste es el cuartel general de la banda de Borja?

—Me da igual —Rosa se hacía la valiente, aunque sin mucha convicción—. No le tengo miedo a ese chulo de lengua de sapo. ¿Y tú?

—¡Yo tampoco! —el chaval, por primera vez, dejó de protestar y comenzó a adoptar su típica actitud de chulo de barrio—, ¿qué te crees que soy, una gallina con deportivas?

Borja acababa de entrar por un agujero, medio tapado por las malas hierbas, que habían abierto en la valla unos metros más allá.

—A mí Borja me importa menos que un pis de mofeta —añadió Miguel sin darse cuenta de que el aludido se estaba acercando por detrás.

—Calla, bocazas —le pidió Rosa por lo bajini.

—¿Que me calle?, pero si ése es más inútil que un loro mudo.

—Bueno es saberlo —Borja se colocó de-

lante de Miguel y éste, del susto, saltó a los brazos de Rosa—, y para que las buenas ideas te sigan fluyendo al cerebro, te vamos a colgar de la valla, boca abajo.

—¡Eh, eh, no tan deprisa! —intervino Rosa intentando disimular su miedo.

—Pensabais que os ibais a librar de mí,

¿verdad, ratas de alcantarilla? —Borja cambió de blanco y se acercó a la chica de forma amenazadora—. Sabéis perfectamente que nadie puede salir del instituto sin antes pagarme un impuesto.

—¿Un qué?

—Un impuesto, chaval. ¿No conoces las normas?

Rosa, sin dejarse acobardar, soltó a Miguel y éste se precipitó al suelo como un saco de patatas viejas.

—¿A qué normas te refieres —le preguntó a Borja—, a las tuyas... o a las del instituto?

—En el fondo son las mismas —le aclaró el chantajista de la clase—, y las cambio yo, cuando me da la gana. Hoy, por ejemplo, nadie puede salir del *insti,* si no me entrega antes diez cromos de jugadores de fútbol..., ¡elegidos por mí!

—¡Vaya abuso! —le replicó Miguel desde el suelo sin poder reprimirse.

—Para los protestones como tú el impuesto es especial: veinte cromos.

—¿Veinte? —por primera vez en su vida se arrepintió de haber protestado—. No, si yo pensaba pagarte, pero ella me dijo que era de cobardes el dejarse pisotear por un mafioso abusón como tú.

A Borja se le había terminado la paciencia (no es precisamente que tuviera mucha el muchacho) y se fue aproximando a Miguel mientras remarcaba sus palabras a cada paso que daba.

—¡¿Qué... estás... diciendo... de... mi... persona?!

—No sabía que eras también duro de oído. He dicho que ella me dijo, aunque todo el mundo lo dice, que eres un «chulo abusón». Es más (añadiría yo), te crees el amo del mundo, pero sólo eres un protestón, maleducado y pelota, pendenciero y abusón que, primero, hace trampa en los exámenes y que después, si hace falta, falsifica las notas. Y porque tu padre es el presidente del AMPA, te crees el dueño del instituto y no hay derecho, caramba, porque tú no eres rey, ni príncipe, ni nada que se le parezca. Así que, resumiendo: no tienes derecho a cobrar impuestos.

—Vamos a ver, renacuajo —Borja no perdió la compostura a pesar de haber presenciado el mayor acto de insubordinación en la historia de su instituto—, creo que me he perdido un poco, ¿podrías repetir la parte que me afecta directamente... antes de morir?

—Bueno, no sé, es difícil definirte con pocas palabras —Miguel, como buen bocazas, todavía no se había dado cuenta del lío en el que se estaba metiendo—. ¿Lo dejamos en que eres un cerdo, chulo y sarnoso, con cara de sapo, cuello de tortuga y narices de orangután?

—¡Qué paciencia hay que tener con los seres inferiores! —Borja se lo tomó con aparente filosofía—. Menos mal que siempre voy preparado, por si surge algún imprevisto —chascó los dedos—: Adelante, Diplodocus.

Diplodocus se acercó dando saltos y cantando el himno de su equipo de fútbol:

—Oé, oé, oé, oé, oeeee, oeeee...

Más que saltar la valla se la llevó por delante de una patada, así de delicado es nuestro personaje.

—Mi colaborador, Diplodocus, se encargará de golpear vuestro cráneo, hasta que me paguéis el último cromo.

Con la parsimonia del que ha realizado esta operación miles de veces, Diplodocus se subió las mangas de la camisa y se dirigió muy despacio hacia sus nuevas víctimas. Y al mismo tiempo se relamía los labios pensando en el banquete de puñetazos que iba a darse. Pero, de pronto, se oyó un ruido muy fuerte.

—Alguien viene —se dio cuenta Borja.

—Yo sé quién es —se alarmó, como siempre, Miguel—: ¡el vigilante, con sus tres perros de presa!

—Escondeos —les ordenó Borja—, y lue-

go ya ajustaremos cuentas. Y tú, Diplodocus, activa el Plan de Retirada —Diplodocus se puso a cantar el himno de su equipo y a levantar los brazos como un energúmeno—. ¡No, animal, ése es el Plan de Ataque!

Borja se subió a la espalda de Diplodocus y trató de taparle la boca como pudo. Ya era demasiado tarde. Sus gritos los habían delatado y, cada vez más cerca, retumbaban unos pasos.

—Nos han descubierto... —Rosa se resignó a lo peor.

—...Como moscas con las patas negras pegadas a un pastel de nata y fresa.

La situación no podía ser peor. Ante el peligro inminente, cada uno reaccionó a su manera: Miguel se echó de nuevo de rodillas y se puso a rezar, Diplodocus no paraba de agitarse, como si boxeara contra su propia sombra, y Borja, presa del pánico, temblaba como un flan. Sólo Rosa supo mantener la calma a la espera del desenlace final.

Desde el fondo del solar, una voz adulta empezó a llegarles, pero, cosa rara, no les ordenaba que se quedasen quietos y con las manos en alto, sino que... ¡canturreaba una extraña melodía! Era un aria de ópera, pero los chavales no sabían qué pensar, porque nunca antes habían oído algo parecido. Al fin y al cabo, los padres siempre suelen estar muy ocupados para llevar a sus hijos a un concierto de música clásica.

La canción iba aumentando en intensidad y volumen hasta que, en un golpe musical, apareció... un vagabundo, que empujaba un sucio y destartalado carrito de supermercado.

10. Un poco de música

—¡¿Y éste es el gorila del guardia de seguridad que nos iba a echar a patadas si nos encontraba aquí?! —rompió a reír Miguel después de la tensa espera.

—Calla, imbécil —le volvió a ordenar Borja recobrando su habitual orgullo de hijo de papá—. No tendrás ganas de reírte cuando Diplodocus te haya machacado todos los dientes.

Al oír esto, Miguel se tapó la boca, aunque no pudo ahogar un grito de horror. Pero nada parecía asustar al vagabundo, que siguió arrastrando su carrito y cantando como si no hubiese nadie a su alrededor.

—Señor..., señor...

Rosa, intentando no hacer demasiado ruido, se acercó al mendigo. Éste, en cambio, no se dio por aludido y comenzó a hacer una especie de cama en el suelo con unos cartones y un par de trozos de una manta ennegrecida, que traía en su carrito de la compra.

—¡Vaya fastidio! Después de acabar con estos dos metepatas, también tendré que echar a este viejo que huele a sudor mohoso —Borja se tapó la nariz con un gesto de asco—. ¡Buahhhh! Diplodocus —le ordenó señalando a los dos muchachos y al mendigo—, no quiero ver a nadie aquí dentro de tres minutos.

Diplodocus se puso muy contento y volvió a cantar el himno de su equipo de fútbol. No lo puede remediar, a este gordinflón le encanta la acción. De pequeño, su padre le llevaba a ver todas las películas de mamporros y eso, sin duda, marca mucho.

—¿Y para qué te tomas tantas molestias con nosotros? —Miguel siguió tan curioso como siempre—. La sangre, luego, es muy difícil de limpiar.

—Ya me las arreglaré, listillo. Mañana vendrán a jugar un partido los del instituto de al lado y tiene que estar todo muy limpio, porque éste es nuestro campo.

El vagabundo dejó por fin de tararear su canción y preguntó sin parar de hacer sus cosas:

—¿Un campo de fútbol dices, chaval?

—¡No está sordo! —exclamó Rosa sorprendida.

—Ni ciego.

—Ni tampoco mudo —completó Borja—. ¡Queréis dejar de decir tonterías!

—Es que ese hombre habla muy raro.

—Igual es un extraterrestre... —Miguel se colocó dos dedos en la cabeza a modo de antenas y se puso a imitar a los marcianos—. ¡Bi, bi, bi!... Venimos de Marte.

—No os enteráis de nada: está cantando, como cuando te duchas, pero sin agua —y Borja se puso también a imitar a los artistas frustrados que sólo cantan en la ducha—. «¡Oh, Sole mio...!»

—Los dos sois un par de tubérculos sin cerebro —se enfadó Rosa.

Los dos muchachos se rieron con ganas porque por fin habían logrado fastidiar a Rosa con sus bromas, pero el vagabundo siguió a su bola.

—¡Ah!, ya lo tengo —a Rosa se le acababa de encender una bombilla (o mejor dicho, una central eléctrica entera en su cerebro)—: ese viejo habla cantando, como hacen los que salen en esas óperas tan viejas que, de vez en cuando, echan en la tele a las dos de la madrugada.

—Resumiendo: está completamente loco —concluyó Borja.

—¿Loco? Si parece inofensivo —le defendió Miguel.

—Inofensivo, pero loco —Borja dio por zanjada la discusión acerca de la locura del vagabundo—, y si no cerráis la boca inmediatamente, Diplodocus os la sellará... con un puñetazo —subrayó las últimas palabras y éstas hicieron su efecto, porque Rosa y Miguel se callaron—. Apartaos, excrementos de vaca, y dejad actuar a los valientes.

Borja, con paso decidido y actitud de chuleta (sin duda alguna, sus dos principales rasgos físicos), se aproximó despacio hacia el rincón que ocupaba el vagabundo (habitación, diría él) y su cama de cartón en el suelo.

—Último aviso —Borja chilló como si estuviera anunciando en una estación la salida del último tren—: si en algo aprecia su dentadura postiza, abandone de inmediato este lugar. Repetimos: abandone este lugar, porque aquí vamos a disputar un partido de fútbol de alto

riesgo y uno nunca sabe dónde irán a parar los balonazos.

Al oír esto, Diplodocus arrancó otra vez a cantar el himno de su equipo de fútbol, mientras saltaba de alegría.

—¡Borja, deja ya de hacer el imbécil! —se indignó Rosa.

—Diplodocus, ¿has oído algo? —Diplodocus siguió vociferando—. ¿Acaso te dirigías a mí, niña metomentodo?

—¿Lo has adivinado por lo de «imbécil»? —preguntó Miguel tan inoportuno como siempre.

—Vámonos todos y dejadle que duerma tranquilo.

—¿Dormir, dices? —el vagabundo se puso a temblar como una hiena en medio de un ataque de risa—. ¡Vaya broma más graciosa! ¿Acaso no sabéis que van a construir aquí EL GRAN TEATRO DE LA ÓPERA?

—¿Ópera?, ¡bahhhh! —se lamentó Borja—, ¡vaya tostón! Donde esté el fútbol...

Al oír esta última palabra, Diplodocus, como un robot, comenzó a tararear otra vez el himno de su equipo.

—¿Acaso no te gusta la música clásica, muchacho?

—Por supuesto que no. ¿Por quién me ha tomado, por un niño repipi? La música clásica es... aburrida.

—La música clásica es —Rosa buscó una palabra especial en su mente, pero no acababa de encontrarla—... «difícil».

—Es —a Borja nunca le gustó que nadie, que no fuera él, dijera la última palabra—... «obtusa».

—Elitista.

—Carísima.

—Anticuada.

—Insoportable.

—Rara.

—Incomprensible.

—Machista.

—Ridícula.

—Ya lo decía yo —Miguel se hartó del duelo

de palabras que acababan de entablar Rosa y Borja—: la música clásica es..., es —dudó—, es... ¿Cómo lo diría? Es...

—¡¡¿¿Qué??!!

—Pues... —Miguel se dio cuenta de repente del lío monumental en el que se había metido él solito— es... música —respiró, por fin, aliviado.

—¡Acertaste, chaval!

—Lo dicho: este viejo está... completamente loco.

El mendigo se aproximó a Borja dando saltitos y le hizo una graciosa reverencia.

—¿Tú sueñas alguna vez, aunque estés despierto?

—Claro. Ayer soñé que me convertía en el hombre más rico del mundo.

—Pues eso es música.

—¿Música?

—Sí, música.

—¡¡Música!! —asintieron Rosa y Miguel a la vez.

—Cuando te enfadas mucho por algo —volvió a la carga el viejo—, ¿no te hierve la sangre... y estás a punto de hacer una barbaridad?

—Sí —Borja se empezó a interesar—, ¿cómo la sabe?

—Porque es música.

—¡Música!

—Y cuando ves una chica maravillosa, ¿tu corazón no se enciende de amor... y te entran unas ganas enormes de... darle un beso?

—Sí, ¿cómo lo ha adivinado?

—Porque eso también puedes encontrarlo en la música.

—¿Música? ¿Esa desazón que me oprime los pulmones cuando ella pasa a mi lado y se me cae hasta el bocadillo?

—Exacto: esa sensación también es música.

Por primera vez, Borja se quedó sin saber qué decir y lo que es peor: sin saber tampoco a quién propinarle el siguiente sopapo.

—¿Sabe lo que le digo, señor? —les cortó Miguel—, que me va gustando eso de la música clásica.

—Bien, perfecto —el mendigo dio por terminado el trabajo que se había encomendado—, ya te gusta una cosa más.

—¡Eh, tú, Matusalén, deja ya de chismorrear, que se hace tarde! Desde que dejaste de cantar en esa compañía de ópera tan famosa, cada día que pasa te veo más pobre, más sucio y... más lelo —la señora de la limpieza, otro vejestorio, al que le gustaba cantar chotis cuando limpiaba los retretes y flamenco cuando vaciaba las papeleras, les estaba increpando desde una de las ventanas del instituto.

—¿Señor, usted trabajaba en la ópera? —le preguntó Rosa maravillada.

—Sí, señorita.

El vagabundo se sintió desnudo e instintivamente se puso a cantar de nuevo, aunque esta vez en su propio idioma:

«Desde joven, con mi voz de ruiseñor,
abrí muchos corazones y también,
por qué no decirlo, algunas carteras.
Cantando ópera, poco a poco,
escalé la montaña de la fama
y tuve el mundo entero a mis pies.»

—¿Y todo eso sin saber jugar al fútbol? —Borja alucinaba con este relato inesperado.

«Pero un día, ¡ay de mí!,
me di cuenta, con horror,
de que la fama y el dinero no son nada
en un mundo sin amor,
donde millones de niños mueren de hambre,
hay guerras por doquier
y un misil vale más que un colegio
o un tanque que un hospital.

A pesar de mis arias y canciones,
del cielo seguían cayendo bombas
como lluvia de fuego en un jardín.
¿Y qué hago yo —pensé—
por conseguir un mundo mejor,
un mundo para todos,
un planeta sin dolor?»

—¿Y qué hizo entonces? —se atrevió a interrumpirle Rosa, muerta de curiosidad.

«Dejé mi vida de lujo,
mi coche deportivo y mi mansión.
Y hoy voy, solo, por las calles
pidiendo un poco de compasión.»

Triste y abatido, el vagabundo recogió su sombrero, salió a la calle por el trozo de valla que había derribado Diplodocus y se puso a pedir limosna.

—Un poco de música, por caridad..., un poco de música, por compasión.

Nadie le hacía el más mínimo caso. Es más, cuando los transeúntes ven a un mendigo pidiendo en la calle se transforman en seres invisibles al pasar junto a él.

—Me voy —anunció Borja con un gesto de asco—, no quiero mezclarme con el estrato más bajo de la sociedad.

—Esto no lo podemos permitir —le imploró Miguel a Rosa cuando vio que Borja había doblado la esquina con su guardaespaldas.

—Ya tenemos una buena razón para ganar el dinero del concurso.

11. El primer concierto

Para ganar un concurso no sólo se necesita tocar bien, sino elegir una música hermosa, brillante, atractiva, sugestiva, dramática, con dosis de melancolía, ecos populares, matices de grandeza...

Llegó el momento decisivo de elegir la pieza y Los Pentasónicos estuvieron reflexionando durante mucho tiempo hasta que a Braulio se le recalentó el cerebro y tuvieron que llevarlo a Urgencias.

—No hace falta que estudies tanto, chaval —le aconsejó el enfermero y le puso en la frente una bolsa con cubitos de hielo—, si al final vas a tener que hacer oposiciones a barrendero municipal.

Después de este pequeño incidente, Los Penta dejaron de pensar y, como faltaba menos de un mes para el concurso, se volvieron a reunir en el descampado a la salida de clase.

—Hay que decidirse —les ordenó Rosa—. Que cada uno escriba el título de su obra favorita en un papel y elegiremos la que más votos consiga.

Pero el resultado no fue el esperado.

Miguel, con su letra de pulga borracha, había garabateado: *El escarabajo peludo* (pasodoble español).

—¿De quién es esa obra, si puede saberse? —le echó en cara Clara sin ningún tipo de miramiento.

—De mi primo, ¿pasa algo? La compuso con la guitarra en una noche de juerga.

Clara, a su vez, había escrito en su papel: «Me da igual, pero que sea muy fácil de tocar».

—Eso tampoco vale —contraatacó Miguel—. ¿O prefieres que toquemos el sonsonete del timbre de mi casa: ding, dong, ding, dong, ding, dong...?

Esta segunda propuesta también fue rechazada. Menos mal que Braulio fue más concreto: *Pollito, pollito, duérmete un poquito* (canción de cuna).

—¿Qué quieres? —se unieron Miguel y Clara—, ¿que el jurado se quede dormido durante nuestra actuación?

—Pues a mí me gusta. Me la cantaba mi madre cuando era pequeño y me acunaba en sus brazos.

—Enternecedor —concluyó Rosa, un tanto molesta—, pero la descartamos también porque no cuenta con el número de votos suficientes.

Desdoblaron el penúltimo papel y era el de Jaime. (...) Estaba en blanco.

—Es que no me acuerdo del nombre de ninguna pieza de música clásica —se justificó como pudo el afectado—. ¿Vale una balada tierna?

—¡¡¡NO!!! —gritaron sus compañeros.

—Entonces, voto en blanco.

Sólo quedaba el papel de Rosa y el resto la miró afilando los dientes. No en vano, de su elección dependía su futuro musical.

—«Algo de Mozart» —leyó Braulio en voz alta.

Mozart. El genio más grande de la música. El niño superdotado. El autor de melodías que la gente sigue recordando más de dos siglos después de ser compuestas. Las madres les ponen música de Mozart a sus bebés para desarrollar sus facultades mentales desde la cuna, y hasta las plantas crecen más, si escuchan sus alegres compases.

Hay música de Mozart por todas partes: en las salas de espera de los dentistas, en la cola del supermercado, en el cajero automático, en el túnel de lavado de coches, en los anuncios de leche de la tele, en la salida del metro, en la tienda ultracara de ropa de diseño, en..., en..., en todas partes.

Mozart era sin duda una magnífica elección, pero... ¿dónde iban a encontrar una partitura? Eso no se vende en los súper, ni en los establecimientos de moda, ni siquiera en los garitos de los chinos que están abiertos veinticuatro horas.

La cosa estaba realmente complicada, mas Jaime, de pronto, encontró la solución. ¿No había localizado, hacía poco, una tienda de música en medio del caos de la ciudad? ¿No le habían tomado por tonto y le habían colocado una viola que nadie quería? Era el momento de devolverles el favor... quemándoles el local. Seguro que allí tendrían un buen montón de viejas y polvorientas partituras, el combustible ideal, aunque este último dato prefirió mantenerlo en secreto.

Y hasta allí se fueron, con un plan de ataque bien definido en todas y cada una de sus partes.

—¿Preguntan por mi nieto, el dependiente joven que estaba aquí el otro día? —intentó aclararse el abuelete con gafas de culo de vaso y cejas blancas de cera, que estaba detrás del mostrador—. No sois los primeros que me preguntáis por él. Creo que el otro día, cuando me sustituyó, metió mucho la gamba y algunos clientes todavía lo andan buscando... con un hacha en la mano.

Era el momento adecuado. Rosa le guiñó el ojo y Braulio disimuló un ataque de tos de elefante. El señor de la tienda de música se metió en el taller de reparación de instrumentos para buscar un vaso de agua, y Clara y Miguel aprovecharon la ocasión para echar un vistazo a las estanterías de las partituras.

—Mozart, Mozart..., eme, eme...

—Calla, y busca, que tenemos poco tiempo.

—¡Aquí está! —gritó Miguel con satisfacción, aunque ésta se le pasó enseguida— . Si ocupa toda la pared...

—Claro, Mozart no paró de componer desde que tenía tres años —les explicó Rosa a toda prisa.

Cuando el dueño de la tienda de música volvió con el vaso de agua, Braulio ya no tenía un ataque de tos, sino de pánico.

—¡Todas las obras son muy difíciles! —exclamaba asustado, mientras abría con nerviosismo un montón de librillos de tapas amarillas. Sólo veía puntos y más puntos negros en unos pentagramas que no se acababan nunca.

—Creo que este muchacho tiene fiebre —les comunicó el dueño de la tienda, a la vez que le quitaba las partituras de la mano, porque temía que se las fuera a tragar de golpe—. Es más, yo diría que está delirando.

—No se preocupe —trató de calmarlo Miguel—. Él siempre se pone así de furioso cuando no desayuna fuerte y le entra el hambre.

Braulio le tiró el vaso de agua a la cara y se disponía también a arrancarle la lengua de víbora cuando sus colegas se colgaron en sus brazos y consiguieron bloquearlos antes del fatal contacto.

—Vaya, veo que el paciente se ha recuperado con mucha rapidez. Por eso dicen que el agua de esta tienda es mágica.

—¿Mágica? —se extrañó Clara, porque

estaba tan blanca y olía tan mal como la que salía por el servicio de las chicas en el cole—. No nos estará tomando el pelo, ¿verdad?

—Igual que vosotros a mí, chicuelos. Me dijisteis que erais músicos y, por lo que veo, os dedicáis al boxeo y la lucha libre.

—Mire, señor, estamos en un apuro —le confesó Rosa sin poder disimular más; empezaba a hacerle gracia aquel abuelete de poco pelo y bigote al estilo de Charlot.

—Os habéis escapado de casa, ¿a que sí?

—No, qué va. Si en casa se está muy a gusto —habló por fin Jaime—. Te hacen la cama, lavan la ropa, planchan tu camiseta favorita, en el frigorífico hay comida de sobra...

—Para, para, que tu madre es una santa —le riñó el abuelete—. Si, a partir de ahora, no colaboras en las tareas domésticas, la próxima vez tendrás que boxear conmigo.

—Nuestro problema es... musical —le distrajo Clara, porque la conversación se estaba desviando hacia un terreno demasiado peligroso.

—Haberlo dicho antes. En esta tienda seguro que encontraréis la solución.

—Mire, habíamos pensado presentarnos a un concurso de interpretación musical —continuó Jaime— y, por supuesto, queremos ganar el primer premio, pero hace poco que hemos aprendido a tocar nuestros instrumentos y todas las obras nos parecen muy difíciles.

—Ah, bueno, entiendo. Es un problema complicado y al que se tiene que enfrentar todo músico que empieza: la elección de su primera obra de concierto.

—Le entiendo perfectamente —le apoyó Clara—. A mí también me costó mucho encontrar mi primer ligue, pero, desde que aprendí los truquillos del amor, los tengo a montones.

—Es algo parecido, sí, señor. Todo es cuestión de practicar y, sobre todo, no desanimarse ante los primeros errores. Por eso yo os aconsejo que empecéis por un canon.

—¡Un cañón! —se frotó las manos Miguel (le había entrado un poco de agua en el oído izquierdo y andaba medio sordo)—. ¡Es una idea perfecta! Así podremos apuntar a los miembros del jurado cuando escriban sus calificaciones.

—Un cañón no, un canon —le aclaró Rosa.

—Por favor, la música no tiene nada que ver con la guerra —completó el dueño de la tienda—. Más bien, todo lo contrario: si los hombres cambiaran los fusiles y las pistolas por violines, clarinetes o trompetas, seguro que se acabaría con la violencia en el mundo.

—¿Y por qué un canon? —preguntó Rosa intrigada por la propuesta.

—Porque es una de las piezas más sencillas que hay: todos los instrumentos tocan la misma melodía, pero uno detrás del otro, es decir, con varios compases de distancia.

—¡Eso sí que es fácil! —se entusiasmó Braulio como si la estantería de partituras se hubiera transformado en la vitrina de una pastelería repleta de pasteles de nata.

—Demasiado fácil —sospechó Jaime en voz alta—. No creo que un genio como Mozart haya compuesto un canon si resulta tan sencillo.

—Estás muy equivocado, muchacho —le riñó con amabilidad el abuelete musical—: compuso muchos y variados cánones a lo largo de su vida, porque todo en este mundo, hasta las fórmulas más simples se pueden complicar, por ejemplo, añadiéndoles un ingrediente más que las haga diferentes.

—¿Entonces? —se preguntaron todos a la vez.

—Entonces sólo tenéis que tocar el primer canon que debió de componer Mozart cuando todavía era un niño y empezaba a hacer sus pinitos en esto de la composición.

—¡Estupendo! Nos llevamos esa obra. ¿Cuánto cuesta? —quiso zanjar la cuestión Braulio; las tripas le estaban dando ya más vueltas que el tambor de una lavadora.

—Nada.

—¿Nada? —se extrañaron todos.

—Nada, porque, precisamente, esa partitura no la tengo. Es más, yo diría que nadie la tiene, porque la debió de romper su padre y maestro, el gran Leopold Mozart. Al fin y al cabo, se trataba de un simple ejercicio, de una primera prueba para aprender a componer. Y en la carrera de un genio, no puede haber cosas fáciles. Tienen una reputación que mantener y, si cualquiera pudiera tocar sus obras, entonces, no serían unos genios, ¿no os parece?

—Lo sabía —sentenció Clara—: los mayores siempre lo acaban estropeando todo.

Cuando Los Pentasónicos salieron de la tienda de música, la noche había ya cerrado la persiana metálica del cielo. A esa hora, uno no sabe nunca por qué las sirenas de las ambulancias no paran de sonar, calle arriba, calle abajo, y los peatones corren hacia sus casas para no perderse los programas basura de la tele.

Nadie en la pandilla tenía los deberes hechos, pero, esa noche, esto no les preocupaba lo más mínimo. Otras cosas más importantes ocupaban ahora su mente. Habían estado a punto de ganar el concurso (con una obra nada más y nada menos que de Mozart), pero un adulto estúpido lo había echado todo a perder.

Un viento helado empezó a colarse por los botones de sus ropas y cada vez les costaba más arrastrar los pies sobre la acera congelada.

—¡Ya lo tengo! —Rosa, como siempre, fue la única capaz de romper la capa de hielo (o mejor dicho: el enorme iceberg) que envolvía el ánimo del grupo.

—Yo también tengo hambre —añadió Braulio—, y no me pongo a gritar en medio de la calle.

—Calla, barriga con patas.

—Clara..., porque eres una chica, que si no te soltaba un...

—Estaos quietos los dos, por favor —les pidió Rosa—. Creo que he encontrado un buen plan para ganar el concurso.

—Si la idea maravillosa es buscar a la profe de música para contárselo todo, no contéis conmigo —repuso Miguel—. Yo no soy un cobarde.

—¡Cuidado, peligro, que viene Borja! —gritó Jaime.

—¿Dónde?, ¿dónde? —gimió Miguel mientras se escondía a toda prisa detrás de un contenedor de basura que nadie había limpiado desde hacía mil años.

Con las prisas, pisó cuatro cajas con fruta podrida y se le cayeron encima varias bolsas con los restos de una comilona. Pero tenía tanto miedo, que ni siquiera se dio cuenta de que todo era una broma y sus compañeros no paraban de reírse de él.

—Queda científicamente demostrado: eres un cobarde —se burló Clara cuando Miguel se dio cuenta del engaño—. Y, además, por si fuera poco, usas una colonia que huele a huevo podrido.

—Iremos a la casa donde nació Mozart —propuso Rosa—, y buscaremos esa maldita partitura.

—¡Síííí...! —exclamó Clara realmente entusiasmada; viajar en clase preferente era una de sus pasiones—. Seguro que Mozart la escondió en algún lugar secreto antes de que la rompiera su padre.

—Buscaos una buena excusa, porque este sábado, a primera hora, volamos hacia Salzburgo.

—¿Sal qué? —preguntó Miguel sacándose de la oreja una cáscara de huevo.

Pero, a la mañana siguiente, Miguel se lo confesó todo a Débora a cambio de un simple beso de tornillo sin lengua.

12. Próxima parada: Salzburgo

—Bien, comprobaré si estamos todos. ¿Clara?

—¡Presente!

—¿Braulio?

—¡Aquí, aquí!

—¿Miguel?

—¿Uh?

—¡Sí, sí, te están hablando a ti! —le recordó con impaciencia Clara, sacudiéndole, porque se había quedado embobado mirando a un par de rubias inglesas de un metro ochenta de estatura.

—¿Jaime? —prosiguió Rosa.

Éste levantó con desgana la mano, considerando todo aquello ciertamente ridículo.

—Bueno, supongo que no he de recordaros para qué estamos en el almacén del aeropuerto a las seis de la mañana, ¿verdad?

—No, claro que no —respondió Miguel—. Sabemos perfectamente que vamos de vacaciones al Caribe.

Ante semejante respuesta, Rosa se mostró... dubitativa, sí, como si no supiera qué hacer primero: si decapitar a Miguel o cortarle la lengua. Finalmente, tras un minuto de reflexión, decidió que prefería estrangularlo.

—¡¡¡Argggggg!!! —se abalanzó sobre él lanzando su grito de guerra—. ¡¡¡Más tonto imposible!!!

—Tranquila, Rosa, ¡la violencia no es buena! —le recordó el buenazo de Braulio, mientras la sujetaba por detrás para impedir el desastre.

—¡Ah..., sí, sí, sí! ¡Vamos a Salzburgo! —recordó de repente Miguel—. Es que se me había ido el... santo al cielo.

—¡Pues que no se te escape más —le amenazó enfadada Rosa— o, de lo contrario, eres renacuajo muerto!

—Además... —le recordó Clara—, ¿no era el amigo del sobrino del tío segundo de tu primo del pueblo el que nos iba a conseguir los pasajes de avión? ¡Espero que sean de primera clase! Una vez viajé con mi padre en segunda y fue horrible. Los asientos eran incomodísimos y, por si eso fuera poco, estrechos, así que había que ir como sardinas en lata. De comer, sólo nos dieron un filete mini de carne dura y un yogur caducado. No pusieron ninguna película, porque se había estropeado el vídeo, ni tampoco tenían calefacción. ¡Te morías de frío! Las azafatas estaban de huelga... ¡¡Y llegamos a nuestro destino con más de seis horas de retraso!!

—¡Vale, vale...! —Miguel se tapó los oídos, pero a Clara no había quién la parara.

—Y espero que sea un piloto competente, porque, claro, tiene que ser alguien importante, para llevar un avión y poder darnos los billetes gratis, y todo eso...

—¡Mira, ahí está! —señaló el chico interrumpiendo la voz chillona de su amiga.

Todos se giraron y lo que vieron los dejó tan helados que si los hubieran pinchado no habrían sacado ni una gota de sangre.

Era un chaval de unos dieciocho años, con el pelo verde y en punta, la cara llena de *piercings* y un collar de pinchos alrededor del cuello. Llevaba puestos los cascos de un Mp3, y tenía la música tan alta que hasta Los Pentasónicos podían oírla, y eso que estaban a unos veinte metros de distancia.

—¡Eh..., supertroncos! —les gritó arrastrando las palabras y moviéndose al ritmo del *rap* que estaba escuchando—. ¡No os quedéis ahí pasmados! ¿No sois vosotros los que queríais viajar de gorra?

—¿¡Qué!? —Clara fue la única que consiguió salir del *shock*—, ¿¡éste ha aprobado el examen de piloto!?

—Oye, tío —el *peliverde* se dirigió a Miguel—, dile a la piba esa que no flipe tanto. Soy un mozo de carga, y a mucha honra. Y no os quejéis, enanos, que gracias a mí volaréis sin pagar un pavo...

—¡Menudo chasco! —refunfuñó Clara—. Por lo menos, iremos en segunda, ¿no?

—¡Sí, en tus sueños, monada! No me cabrees, tía. Os metéis en estas cajas de cartón que os he traído y ya me encargaré yo de que os lleven a la bodega del avión, con el resto de las maletas.

—¿Me tengo que meter en esa caja tan pequeña y guarra? —se angustió Braulio con su barriguita más que generosa.

—Meteos tranquilos, tíos —les animó el auxiliar de almacén—, que he pintado un bonito letrero: «Cuidado, contenido frágil».

—Ya... ¡¡¡Si piensas que me voy a meter en esa caja como si fuese un vulgar trasto...!!! —le desafió Clara.

—Pues vale. Aquí te quedas, nena.

—¡Ya lo creo! —la chica se cruzó de brazos.

Suponía que sus amigos harían lo mismo... en solidaridad con ella, pero observó, atónita, cómo primero se metía Miguel en su caja. Tras él fue Braulio, luego Rosa. Y finalmente, con cara de resignación, Jaime.

—¡Vamos, Clara! —le increpó Braulio desde el interior de la suya—. ¡Tenemos que ir a Salzburgo, sea como sea! ¡Imagina qué pasaría si Borja y los suyos ganasen!

—¡Eso no podemos permitirlo! —la animó Rosa.

Al final, la chica dejó a un lado su orgullo y se introdujo en la última caja. Todo fuera por no acabar como una perdedora... igual que sus padres. Los dos habían estudiado Periodismo y habían acabado en el departamento comercial de una compañía de teléfonos móviles, atendiendo el aluvión de quejas de los clientes.

El mozo cerró las cajas con cinta aislante, las subió a un carro y, sin ningún miramiento, las llevó a la «barriga» del avión. Comprobó que no había ningún inspector merodeando y allí los dejó, abandonados a su suerte.

—¡Psss! ¡Chicos! —susurró Miguel cuando cerraron el compartimiento de carga y parecía que todo estaba tranquilo—. ¿Salimos?

Poco a poco abandonaron sus respectivas cajas. En aquel lugar, todo estaba oscuro y repleto de bultos, así que debían moverse con cuidado para no tropezar con ellos. La verdad es que estaban desilusionados. Sabían que el viaje a Salzburgo no iba a ser fácil, pero... nunca habrían imaginado que acabarían allí, como «vulgares objetos».

—Bueno, de todas formas tampoco se está tan mal... —musitó Braulio, tratando de ser optimista.

Sin embargo, antes de que pudiera añadir más, un ruido ensordecedor (muy parecido al sonido que emitirían cien gigantes tirándose un pedo a la vez) los asustó. ¡El avión rodaba ya por la pista y se disponía a despegar!

Todos trataron desesperadamente de agarrarse a algo y taparse los oídos a la vez.

Pero, entre tanta maleta suelta, fue algo imposible y acabaron rodando por el suelo arrastrados por una especie de vendaval.

A toda velocidad el avión logró, por fin, levantar su panza y, entonces, vino lo peor: todo el grupo se estampó contra la pared del fondo, y, por si eso fuera poco, una avalancha de maletas y cajas les cayó encima. El impacto fue terrible. ¿Habrían logrado sobrevivir? Sí. Los Penta podían con eso... y con mucho más.

—Es... ¿Estáis bien? —preguntó a duras penas Jaime, que fue el primero en poder quitarse de encima todos los maletones que le habían caído.

—¡Ay! ¡Ay! —lloriqueó Clara—. ¡Ya sabía yo que era una locura! ¡Y como no se ve nada, no sabré cuántos huesos tengo rotos!

—¡Hala, exagerada! —le reprendió Miguel mientras intentaba sacarla de entre una pirámide de bultos.

—¡Tranquilos! —Rosa trató de calmarlos—. Por lo de la luz no os preocupéis. Le dije a Miguel que se trajese una linterna bastante potente...

—¿Te refieres a ésa que tiene mi padre y que ilumina tanto como el faro de un coche?

—¡Sí, ésa, ésa!

—Ah..., pues vaya mala suerte, precisamente era parte del pago que he tenido que darle a mi colega para que hiciera la vista gorda. Pero, a cambio, me ha dado una cerilla que...

—¡Ni se te ocurra! —chilló Clara—. ¿No sabes que los depósitos del avión están llenos de gasolina y que una simple chispa puede hacernos saltar por los aires?

—¡Mira que eres exagerada! Me parece a mí que has visto demasiadas *pelis* de catástrofes aéreas.

—Calla, Miguel —terció Rosa—. Nos tendremos que aguantar sin la luz.

Se produjo un gran silencio, a pesar de los bramidos que, de vez en cuando, soltaban los motores situados en las dos alas del avión.

—¿Sabéis lo único bueno de todo esto? —dijo Jaime como si tal cosa.

Todos se quedaron sorprendidos. ¿Realmente había algo de bueno en su penosa situación?

—Que nosotros vamos a Salzburgo y que, en cambio, Borja y su grupo se tendrán que quedar en España.

—¿Quiere otro helado *trisabor* doble, señor? —preguntó una sonriente azafata a Borja.

Éste asintió, repantigado en un sillón forrado de piel de cebra y repleto de cojines rellenos de plumas de flamenco. Miró con desga-

na la mini televisión, con pantalla extraplana adosada a su asiento, donde estaban echando la última película de moda: *El regreso de los extraterrestres mutantes (tercera parte).*

—¡Qué, Diplodocus! —dijo mirando a su compañero de fila, que engullía la quinta tarta de chocolate y trufa, rociada de azúcar glasé—, ¿a que fue buena idea robar la Visa Oro de mi padre para poder viajar en primera?

13. El laberinto

Salzburgo. La ciudad de la sal. La ciudad de la belleza, los jardines, los teatros y la música. La ciudad de la naturaleza y el arte. La ciudad donde nació Mozart y... donde le dieron una patada en el culo.

En aquella época, todos los músicos tenían que trabajar a las órdenes de un hombre rico para poder comer. La música clásica era patrimonio exclusivo de las clases altas y a Mozart, por si fuera poco, le tocó aguantar a uno especialmente vanidoso y tirano, que, además, nunca supo apreciar sus extraordinarias cualidades como intérprete y compositor.

Por eso, un día no pudo más y se fue de Salzburgo dando un portazo, mientras su jefe seguía gritando y gritando. ¿A cuántos adultos no les gustaría hacer lo mismo? Mandar a su insoportable jefe directamente al infierno, con un billete sólo de ida.

Mozart fue el primer músico que luchó por su independencia, que compuso, con libertad, aquello que quería y no lo que le mandaba un noble o un rey con orejas de madera. Sin embargo, la independencia tiene un precio muy elevado y Mozart tuvo que pagarlo, con intereses, durante el resto de su vida.

Cuando murió, le quedaba muy poco dinero y le echaron en una fosa común del cementerio. Tenía apenas treinta y cinco años y nadie acudió a su entierro.

—Volvamos a casa —le pidió Jaime a Rosa después de que le contara esta historia—. Es demasiado triste, para mí.

—Venga, venga, pelillos a la mar —le respondió Clara, a la vez que miraba los brillantes escaparates de las tiendas del aeropuerto con ojos golosos.

—A mí todavía no me han dedicado una estatua en mi ciudad natal, como a Mozart —añadió Miguel—, y no me enfado por esa minucia.

—En el fondo, tienen razón —resumió Rosa—. El tiempo lo cura todo y hoy Mozart es Salzburgo y Salzburgo es Mozart. Su casa natal se ha transformado en un museo. No es una idea muy original, pero qué le vamos a hacer. No todos pueden tener las originales ideas de un Mozart.

Por fin, Los Pentasónicos habían llegado a Salzburgo y, con los huesos aún desencajados por el incómodo viaje, se dispusieron a buscar la casa donde había nacido Mozart.

Parece una tarea fácil, porque a Mozart lo conoce todo el mundo, pero... no.

Primer problema. Nadie hace caso a unos mocosos que visten fatal, están más despistados que un ejecutivo en un circo, no tienen tarjeta de crédito y... no saben ni una palabra de alemán.

Menos mal que a Rosa se le ocurrió la idea de llevar sus instrumentos y, aunque todos se negaron en redondo, al final, como siempre, se salió con la suya.

—Lo primero es conseguir un poco de dinero. Abrid los estuches y tocaremos un rato para que nos echen unas monedas.

—Vale, vale, sin presionar —protestó Miguel—, que te empiezas a parecer al jefe de Mozart, el pesado ese que le hizo la vida imposible.

—¿Quieres quedarte el resto de tu vida en la sala de espera de este aeropuerto? —le preguntó Clara a bocajarro—. Pues mueve el trasero.

En plan conjunto estrella del *rock*, Los Pentasónicos fueron a abrir las fundas de sus respectivos instrumentos musicales y... veinte fusiles-ametralladoras les apuntaron.

Un policía con gafas de sol empezó a saltar y a chillarles, como si se hubiera tragado un enjambre de abejas. No entendían nada de lo que les decía y el *poli* se cabreó aún más.

—¡Levantad los brazos, chicos! —les aconsejó Rosa toda nerviosa.

—Creo que a este señor no le gusta nada la música clásica —se extrañó Miguel por lo bajini.

—Pues tampoco hay que ponerse así —se quejó Braulio—. Con no echarnos ninguna moneda...

—Cerrad el pico —se enfadó Rosa—, si no queréis acabar como un colador.

Sin dejar de apuntarles con sus pistolas y fusiles, los agentes se fueron acercando, pasi-

to a pasito, con mucha precaución y mirando hacia todos los lados, como si temiesen un ataque por sorpresa.

—Estos tíos están locos.

—¡Shhh, Miguel! Deja que les hable una persona inteligente y verás cómo todo se arregla enseguida —Clara se dirigió a los policías—. ¡Señores, por favor...!

Todas las armas se volvieron hacia ella.

—¿Puedo ir al baño?

El que parecía el jefe de aquella patrulla de energúmenos casi se la come de tanto gritarle a la cara. Y eso no fue lo peor: escupía tanta saliva al chillar que el cuerpecillo menudo de Clara parecía recién salido de la ducha, con ropa y todo.

Mientras esto ocurría, el resto de los hombres armados se arrojaron sobre los estuches y empezaron a abrirlos con mucha delicadeza. Los niños seguían sin entender nada de lo que estaba ocurriendo, sobre todo, cuando dejaron caer las tapas y los *polis* se pusieron a reír como hienas constipadas por un aire siberiano.

—*No bombem, ni escopeten recortaden* —se decían unos a otros dándose palmaditas en la espalda—. *Son instrumenten. ¡Ya, ya, ya, ya!*

Así fue cómo Los Pentasónicos se ganaron su primer sueldo de músicos. No llegaron a tocar ni una sola nota, pero los policías les pagaron una buena cantidad de billetes para que no les denunciaran por acoso a menores.

—*Muy graciosen estos chiquillen* —les soltó el último de los agentes antes de irse, y menos mal que no tenía ojos en la nuca, porque, justo cuando estaba en plena operación de retirada, Miguel le estaba haciendo con la mano ese gesto que en todas las lenguas del mundo significa lo mismo.

—Oiga, agente —le siguió Braulio con el brazo extendido por si caían más monedas—, por lo menos, podría decirnos cómo salir de aquí para poder visitar la casa donde nació Mozart.

—¿Mozart? *Ya. Ya. Muy graciosen, como vosotren*.

Y los *polis* se fueron a buscar terroristas a otro lugar del aeropuerto.

—Venga, chicos, coged vuestros respectivos instrumentos y salgamos de aquí, antes de que se les ocurra volver.

—Rosa, te recuerdo que todavía no hemos convocado elecciones y, por lo tanto, nadie te ha elegido la jefa de este grupo.

—Está bien, Miguel, tú serás nuestro guía hasta que volvamos a casa.

—Por fin triunfa la inteligencia sobre la fuerza bruta. ¡Seguidme!

Todos los letreros estaban en alemán, pero Miguel no se desanimó. Por lo menos, era más fácil que descifrar un jeroglífico egipcio. Al principio todo fue bien, atravesaron un largo pasillo con tiendas, subieron diez escaleras mecánicas y repostaron en cuatro cafeterías. Luego se hizo de noche y el ánimo comenzó a decaer.

—¡No puedo andar más, estoy molido! —Braulio fue el primero en desplomarse sobre las butacas de una de las interminables salas de espera del aeropuerto.

—Levántate, saco de michelines —le ordenó Miguel, que seguía cumpliendo, a rajatabla, su papel de guía.

—¿Por qué, si puede saberse?

—Porque te acabas de sentar encima de una abuelita y creo que la has dejado completamente planchada.

—¡Ahh...! —Braulio se levantó de un salto y la abuela en cuestión le persiguió por el pasillo dándole paraguazos en los riñones—. Me gustan más los países desérticos —les confesó resoplando cuando pudo volver después de haber despistado a su implacable perseguidora—. Por lo menos, allí la gente no tiene paraguas.

A medianoche la situación se hizo insostenible. A todos les dolía la espalda de acarrear sus instrumentos de aquí para allá y todavía les quedaban más escaleras que subir y más salas de espera que atravesar. Por las cristaleras se veían los aviones y las pistas de aterrizaje y despegue, pero la propuesta de Miguel de subirse a otro avión para ir a un aeropuerto más pequeño y manejable no prosperó.

También intentaron preguntar a los turistas que se encontraban. Sin embargo, el resultado fue peor: o estaban tan perdidos como ellos o no entendían nada de lo que les decían.

—Me muero de sueño.

—Yo también, Clara —apoyó Jaime.

—Vamos a intentar dormir un poco —les propuso Rosa—, a ver si mañana, algo más descansados, se nos aclaran las ideas y logramos salir de esta ratonera para dinosaurios.

Se acurrucaron en un par de asientos y,

nada más cerrar los párpados, Braulio se puso a roncar imitando a la perfección el motor de un camión viejo subiendo una cuesta. Intentaron taparle la boca con el papel higiénico que encontraron en un servicio y casi se les muere ahogado. Así que no tuvieron más remedio que dejarle. El ruido que hacía era tan desagradable que pronto se quedaron solos frente a la puerta de embarque 28.

La claridad del nuevo día los despertó a las seis y media de la mañana. Se frotaron los ojos y ya estaban dispuestos a invertir las últimas monedas que les quedaban en un desayuno basura, cuando Clara se acercó a Rosa rascándose la coronilla.

—Oye...

—¿Sí?

—¿«Exit» qué significa?

—Es una palabra inglesa y creo que significa «Salida».

—¿No me digas? La llevo viendo todo el

rato encima de una puerta que está cerca de aquí, pero como yo siempre suspendo inglés...

No estrangularon allí mismo a Clara porque la necesitaban para ganar el concurso de música del cole, que si no...

Enseñando el dinero que les habían dado los «amables» policías, un taxista aceptó llevarles, aunque Miguel tuvo que viajar en el maletero. No se presentó voluntario, pero había desempeñado tan bien su misión de guía, que, esta vez, ni siquiera fue necesario hacer una votación.

—¿Por qué todo lo malo siempre me toca a mí? —gimió como un perro apaleado, cuan-

do el taxista cerró la puerta del maletero y le aplastó la nariz.

—Porque eres el más pequeño y no te puedes defender si te atacamos todos a la vez —le contestó Jaime.

Hablaba poco porque siempre utilizaba los argumentos científicos más incontestables.

El taxista apretó el acelerador, dio unos cuantos volantazos y Miguel salió despedido del maletero y fue a chocar contra un cartel metálico donde se podía leer en varios idiomas: «Bienvenidos a Salzburgo».

—¡Ay, ay! —volvió a gemir desde el suelo y tocándose el inmenso chichón que le había salido en medio de la frente.

El taxi tuvo que frenar y dar marcha atrás y eso disparó los números del contador. El conductor, maldiciendo a todos los niños del mundo, se bajó del coche, agarró a Miguel del cuello de la camisa y lo arrojó de nuevo dentro del maletero. Aunque, esta vez, hizo algo diferente: lo cerró con llave.

—¡Dejadme aquí, por favor, quiero volver a casa!

—De eso nada, amigo —le recriminó Braulio—, en este grupo de música no aceptamos desertores.

El vehículo volvió a arrancar y cogió tal velocidad que parecía que estaban participando en una carrera de Fórmula 1. El taxista giró a la derecha, luego a la izquierda, a la derecha, a la izquierda, a la derecha, a la izquierda y, cuando se disponían a vomitar sobre la tapicería de cuero, entonces, vieron al fondo la ciudad de Salzburgo y el magnífico río que la rodeaba dándole un abrazo.

¡Qué río y qué puentes! Nunca habían visto nada tan bonito. Los edificios se reflejaban en el agua y ésta los bañaba con el oro de los primeros rayos de sol de la mañana.

A pesar de la velocidad, la vista era espectacular y todos se quedaron con la boca abierta. Los palacios, las iglesias y los parques se fueron sucediendo a un ritmo vertiginoso y, si no fuera por los tubos de escape de los coches, hubieran jurado que se habían metido en el interior de un cuento de hadas.

Hablando del coche, éste dio un último salto nada más atravesar un puente y el frenazo posterior los empotró contra el cristal delantero. El taxista se los quitó de encima a manotazos y, cuando por fin despejó su asiento, se los quedó mirando, con cara de mala leche.

—Parece que hemos llegado al centro de Salzburgo —tradujo como pudo Rosa—, y este piloto frustrado de Fórmula 1 todavía no sabe dónde vamos.

Las calles se habían estrechado y las casas (antiguas, pero cuidadas y aún muy hermosas) formaban el escenario ideal para rodar una película de brujas, dragones y princesas.

—¡Queremos ir a la casa donde nació Mozart! —le gritó Braulio al oído, y el taxista casi le tira el taxímetro a la cabeza.

—Mira que eres bruto. Deja que lo intente una dama delicada —intervino la metomentodo de Clara—: Señor taxista, ¿tiene el gusto de conocer a Mozart?

El hombre puso cara de póquer y entonces se dieron cuenta de que usaba las orejas como simple adorno corporal.

Los Pentasónicos no se desanimaron. Tras mucho discutir, intentaron comunicarse con él hasta con el lenguaje de signos, pero el austriaco seguía levantando los hombros y arqueando las cejas como si le hablaran en polinesio.

—Y ahora, ¿qué hacemos? —se angustió Jaime al ver que el contador seguía galopando y el taxista no lo paraba.

—Muy fácil: vamos a estar dando vueltas por Salzburgo hasta el día del fin del mundo —le aclaró Braulio.

Y entonces ocurrió el milagro.

—«Ta, tatá, tata-tata-tatá. Ta, tatá, tata-tata-tatá» —Rosa se puso a tatarear esta conocida melodía de Mozart y todos la siguieron—: «Tatá, tatatatara-a, tatatatara-a, tatatatara-a, tatatatá, tatatatatata, tatatatatá, ta, ta, tatá...»

—¿Ah...? *¡Ya, ya!* —el taxista por fin sonrió y se puso a cantar con ellos mientras pisaba el acelerador con firmeza.

El coche dio otro salto y se lanzó calle abajo. En menos de tres minutos cruzaron una soleada plaza, donde había una estatua del músico en cuestión repleta de palomas y, allí mismo, el taxista detuvo el vehículo con un sonoro frenazo.

—¡¡¡¡Mozart!!! —exclamó lleno de orgullo mientras señalaba un gran edificio con la fachada pintada de color amarillo.

No en vano, ambos (el taxista y el músico de fama universal) habían nacido en la misma ciudad y eso unía mucho.

Los Pentasónicos bajaron, a duras penas, las ventanillas del coche y sacaron la cabeza para poder ver mejor lo que tenían delante de sus propias narices.

—¡Vaya pedazo de casa! —oyeron que decía Jaime unos segundos antes de que el cristal casi le seccionara el cuello—. ¡Agggggggg!

—Braulio, así no se baja el cristal, se sube.

—Gracias por la información, Rosa. Es que como este taxi no tiene manual de instrucciones como las lavadoras.

El edificio que tenían delante se erguía con la dignidad de un rey en su trono y unas grandes letras doradas destacaban en su fachada. La calle estaba llena de gente y todos se paraban, maravillados, ante la casa donde nació Mozart y que ahora se había convertido en un museo.

—Aquí abrió por primera vez los ojos el genio más grande de la música —gritó Rosa al bajarse del taxi.

—Querrás decir que aquí lanzó su primer berrido un recién nacido —le intentó corregir Miguel tocándose todos los músculos encogidos tras ir en el maletero.

—Si la casa es tan vieja como decís —añadió Braulio—, esto tiene que estar lleno de fantasmas.

—Pues a mí no me importaría vivir en esa mansión: seguro que tiene hasta *jacuzzi* —concluyó Clara.

El taxista les lanzó una mirada asesina y los muchachos comenzaron a vaciarse los bolsillos para poder pagarle. Llevaban poco tiempo, pero ya habían aprendido algo: Salzburgo es una ciudad carísima.

Un coche de la policía se detuvo al lado del taxi y el conductor arrancó a toda prisa porque allí estaba prohibido aparcar.

—¡Ehhhhh...! —se dio cuenta Jaime.

Podía perdonar cualquier cosa, menos que maltratasen su viola.

Como el maletero estaba abierto tras la salida de Miguel, los estuches con los instrumentos salieron despedidos hacia atrás y cayeron al suelo armando un buen estruendo.

La gente comenzó a aplaudir pensando

que se trataba de un nuevo experimento de música contemporánea. Clara se puso a hacer reverencias y Miguel, cortes de manga.

—¡¡Animal!! —le gritó Jaime al taxista.

De nada le sirvió, porque ya estaba doblando la esquina perseguido por el coche de policía que armaba un jaleo monumental con su sirena azul.

—No me extraña que Mozart se fuera pitando de esta ciudad —les confesó Clara a sus amigos—. Si todos son tan amables como ese taxista...

—Recoged los instrumentos y busquemos algún parque donde podamos pasar el día —les ordenó la mandona de Rosa—. Ahora hay demasiada gente por aquí y ya nos hemos hecho bastante famosos con este numerito de circo. Como mínimo, tendremos que esperar a que se haga de noche para poder entrar en acción.

—¿De noche? —preguntó Braulio bastante asustado.

—Sí, de noche, ¿o acaso prefieres que le preguntemos al conserje dónde está esa partitura secreta de Mozart porque queremos robarla?

—Pues a mí me parece una idea genial.

—Miguel, por bocazas te quedas aquí de vigilante y..., ¡ay de ti!, si nos llamas antes de que se haya ido a su casa el último conserje del edificio.

14. Los ruidos de la noche

La noche en Salzburgo es tan animada como el día. Los noctámbulos, insomnes y otras especies nocturnas invaden el centro y salen y entran de las tabernas como las termitas de su hormiguero, aunque la cerveza sin duda les pone mucho más contentos.

Los Pentasónicos escondieron sus instrumentos en un árbol hueco que encontraron en el parque y regresaron, con sigilo, a la casa natal de Mozart. Miguel había vuelto hacía unos minutos y les había prometido que estaba ya completamente vacía.

—¡Brrrrr...! ¡Brrr...!

—Cállate, Braulio, que vas a despertar a media ciudad.

—¡Yo no soy! —trató de disculparse—.

Son mis tripas. Es que llevo dos días sin comer nada decente.

—¿Y las migas de pan seco que les has birlado a las palomas? —ironizó Miguel.

—Hombre, al principio estaban buenas, pero luego he descubierto que son algo indigestas.

Cinco niños andando en grupo en plena noche. Resultaba bastante difícil pasar desapercibidos. Un borracho les quiso invitar a una copa de aguardiente, un señor muy encorbatado les preguntó si querían ir con él al zoo y, al final, un par de *polis* les ordenaron que se fueran a casa a dormir o los llevarían directamente a los calabozos.

Por si fuera poco con estos contratiempos, se equivocaron de camino tres veces seguidas y menos mal que, antes de gritar «¡Socorro!», encontraron a una camarera muy simpática. Estaba en un callejón fumándose un pitillo y, a cambio de una buena propina, les indicó la dirección correcta.

—¿Y si nos quedamos en este bar tomando algo? —propuso Miguel.

—¿Y si te doy una patada en el culo? —le respondió Rosa.

De noche, con el frío dándote bofetadas en la cara y la oscuridad tapándote los ojos con una venda negra, la ciudad de Salzburgo parecía un laberinto peor que el aeropuerto, de paredes estrechas y callejones sin salida. Vamos, los exteriores perfectos para rodar una película de zombis.

Aunque... Sí. Tal vez un director de cine loco estaba filmando esa noche una de esas *pelis* tan reales de muertos vivientes que despedazan y se comen a los vivos, y ellos, Los Pentasónicos, eran, sin saberlo, los protagonistas principales de la historia. Total, quién iba a echarles de menos, si nadie, excepto ellos, sabía que estaban aquí. Eran... las víctimas perfectas.

Para acabar de arreglarlo todo, desde el río, que por el día se mostraba perezoso y con aguas tranquilas, subía ahora una niebla, espesa y pegajosa, que lo envolvía todo.

—¿No os suena haber visto esto en alguna parte? —dudó Clara en voz alta.

—Sí, en *El matadero del doctor Canuto* sale una calle igual a ésta y es donde el doctor cazaba a sus víctimas para sacarles el hígado y meterles un corazón artificial, que luego no funcionaba y explotaba con la sangre saliendo a borbotones por cuatro tubos y...

Miguel se quedó completamente solo y no tuvo más remedio que posponer la narración del final de su película favorita. La había visto quince veces y nunca se cansaba.

—¡Huy, Clara, no me pises los talones, por favor!

—No te piso, Braulio, simplemente me he subido a tu chepa del miedo que tengo.

—¡Silencio, que ya llegamos! —les advirtió Rosa a todos.

Aleluya. Por fin estaban, otra vez, frente a la casa de Mozart. Sin embargo, ahora no había ni un alma en la plaza y el viento recorría a placer todos sus rincones, levantando un polvo que te hacía estornudar cada dos segundos.

Llegado este crucial momento, decidieron pasar al plan B. No, al F. Bueno, al H. No, al C. Pero antes probaron con el E y... acabaron en el A.

La puerta de entrada estaba cerrada, de eso estaban completamente seguros. Por lo tanto, optaron por la mejor solución en estos casos. La más práctica, accesible y meditada: derribarla de un empujón.

Los Pentasónicos se fueron a la acera de enfrente, para poder coger carrerilla, y se lanzaron todos a la vez con la fuerza de un tren de mercancías.

Diez metros, siete, cinco, cuatro, tres, dos, uno... Alguien abrió la puerta desde dentro y ya no pudieron frenar hasta que se dieron de bruces contra el mostrador de las entradas y la vitrina donde guardaban los recuerdos que solían comprar los turistas.

Y lo peor, con todo, no fue esto. Braulio, con sus... (mejor no pensarlo) muchísimos kilos de peso, iba el último y cayó encima de todos.

—¡¡Que alguien me quite esta columna de hormigón que se me ha caído encima!! —logró gritar Miguel cogiendo un poco de aire entre los cuerpos aplastados por Braulio, la nueva apisonadora humana.

—Shhhh —le recriminó Clara nadie sabe cómo.

Prefería mil veces ser espachurrada por un pentasónico, por gordo que estuviese, que ser cazada in fraganti por la policía y recibir un pase directo para la cárcel más próxima.

—¡Qué raro! —Braulio se levantó pesadamente y se rascó la cabeza—. Me he pegado un buen batacazo, pero no me he roto ningún hueso, ni me duele nada.

—¡Dejádmelo a mí!

Miguel, una vez liberado del rodillo humano que lo aplastaba, quiso levantarse para darle una patada en el bazo y lo hubiera hecho, si Rosa no le hubiera cogido antes de la camiseta.

—¿Qué es eso que tienes en la mano?

—Nada.

—¿Cómo que nada?

Era un violín diminuto. El violín más pequeño que habían visto nunca. Un violín para enanitos. Sin embargo, lo tenía todo: sus cuatro cuerdas, el puente, su alma de madera...

—¿Te parece bonito destrozar el violín que le regalaron a Mozart cuando era pequeño?

Más que una pregunta, aquello sonaba a una acusación en toda regla, de ésas que te hace el juez antes de enviarte a la horca.

—Miguel, ¿por qué no nos dijiste que la puerta se abría de forma automática, como las de los supermercados?

—Porque el último vigilante la cerró con una llave bien grande antes de irse a casa.

Los Pentasónicos que quedaban en el suelo se levantaron a toda velocidad y se acercaron a Miguel con la nada sana intención de colgarlo, boca abajo, del primer árbol que vieran.

—Ya os dije que no era buena idea mandarlo de explorador —les recordó Clara—. Un inútil miope como él no reconocería ni a su propia abuela.

—Vamos, vamos, muchachos, no os enfadéis —retrocedió el aludido—; os juro que estuve vigilando la entrada hasta que se fue el último guardia de seguridad y...

—Seguro que has estado ligando con alguna rubia despampanante y no te has dado cuenta de nada.

Braulio cogió a Miguel con su brazo derecho y a Clara con el izquierdo, y les dio su famoso «abrazo del oso». Apretó cada vez con un poco más de intensidad y ambos se quedaron sin aire enseguida. Y ya se sabe, los ahogados no pueden hablar ni, lo más importante, discutir.

—Gracias, Braulio —sonrió Rosa—, con esas dos cotorras neuróticas dándole al pico sin parar no hay quien piense.

—Adelante, jefa, de estas dos pulgas parlanchinas me encargo yo.

—Recapitulemos: si la puerta estaba cerrada, alguien tuvo que vernos venir y abrirla desde dentro, justo unas milésimas de segundo antes de que la derribáramos de un empujón. ¿No es así?

—Así es —aceptó la tesis Jaime.

—Y la abrió no para divertirse, sino para darnos un buen escarmiento, ¿no?

—Así es —repitió el que sólo abría la boca si era estrictamente necesario.

—Muy bien —terminó Rosa su razonamiento—: misterio resuelto.

—Un momento, un momento —se oyó un hilito de voz entre los brazos de Braulio.

—Ya sé que es una sabandija mentirosa y medio ciega —se apiadó Rosa—, pero déjale que hable, aunque sin que esto cree un precedente, como suele decir mi madre.

—A la orden, directora del quinteto.

—Aggg... Ufff... ¿Cómo que alguien abrió

la puerta desde dentro? —se extrañó Miguel mientras intentaba coger un poco de aire para sobrevivir—. Os repito que yo no me fui de aquí hasta que salió todo el personal del museo.

—O sea que, según tu opinión, un fantasma vive en este caserón vacío —concluyó Braulio— y ha decidido castigarnos por habernos atrevido a traspasar sus dominios.

—Pues sí.

—¡¡¿¿UN FAN-TAS-MA??!! —gritaron todos a la vez.

No habían acabado de pronunciar la última sílaba cuando la cuerda de un viejo violín rasgó el aire con el ímpetu del aullido de un hombre lobo.

Era un sonido desgarrador, agónico, sobrenatural. El grito de un enfermo en su último segundo de vida.

—¿Estás seguro de que se fueron todos, Miguel?

—Sí, y encendieron la alarma.

—¿Entonces, quién está tocando esa canción tan triste?

—¿El fantasma de Mozart, quizá?

Nadie se quiso quedar para averiguarlo. Por primera vez, Los Pentasónicos interpretaron una «Fuga» de Bach (otro genio de la música) y salieron corriendo, como si el caserón se les fuera a caer encima de sus cabezas.

El miedo es, sin duda, la mejor gasolina para las piernas, porque, en cuestión de segundos, ya estaban de nuevo en el parque donde habían dejado sus instrumentos.

Miguel y Clara se escondieron debajo de la fuente y se ducharon gratis. Braulio intentó subirse a un árbol y lo único que consiguió fue derribarlo con sus kilitos de más. Jaime se dejó caer sobre un banco y se tapó con las hojas de un periódico medio roto, y Rosa... fue la única que aguantó el tipo y se dio media vuelta para comprobar si alguien o algo les seguía de cerca.

—Tal vez hubiera sido mejor entrar por la puerta trasera —les propuso Miguel medio congelado después de la ducha nocturna—. Ésa no la cerraron con llave.

—¿Y nos lo dices ahora?

15. ¿Se puede perseguir a un fantasma?

Aunque tenía los ojos cerrados, Braulio no dormía en el parque. Porque claro, ¿cómo iba a conciliar el sueño con Jaime roncando, Clara escuchando a todo volumen a Los Despistados, que le había prestado Jaime, Rosa hablando en sueños y Miguel pegándole patadas porque tenía una pesadilla en la que le perseguía un ejército completo de fantasmas?

Además, por si fuera poco, parecía que alguno de sus amigos se había levantado, y rebuscaba algo en las mochilas... ¡Y encima no hacía más que pegar golpes a su trompeta! Se incorporó para echarle la bronca... ¡y descubrió que no era ninguno de Los Pentasónicos! Se trataba de un niño, de unos nueve

años, rubio y con peinado antiguo, que en cuclillas fisgaba entre sus cosas. Cuando nuestro amigo se repuso de la sorpresa, pasó rápidamente al ataque:

—¡Eh, tú, pardillo!, ¿qué te crees que estás haciendo?

El grito despertó a todos. El niño estaba rodeado, pero se las arregló para escurrirse... ¡con la trompeta de Braulio!

—¡¡Oye!! —Braulio se levantó rápidamente y se lanzó tras él. ¡Se estaba llevando su objeto más preciado!

El resto tardó más en reaccionar. Al fin y al

cabo, aún seguían medio dormidos. No obstante, pronto lograron alcanzar a su amigo, porque como estaba un poco «rellenito», enseguida se quedaba sin aliento y tenía que parar.

—¡Tranquilos, yo le sigo! —se ofreció el flecha de Miguel, que, como buen delgaducho, era el más rápido del grupo.

Aceleró y se alejó del pelotón persiguiendo al misterioso niño. ¡Qué raro!, llevaba una camisa blanca, bordada con hilo dorado y llena de encajes, y se había puesto una peluca con tirabuzones. Los demás seguían a Miguel a duras penas y con la lengua al aire. Tras unos cinco minutos de persecución, lo encontraron apoyado en una esquina, totalmente agotado.

—¿Qué, Miguel? —preguntó Rosa impaciente—, ¿le has cogido?

—No, pero he descubierto algo: ¡el niño ese es campeón mundial de atletismo! ¡He corrido todo lo que he podido, pero se me ha escapado!

—¡No! —exclamó entonces Clara—. ¡Está allí arriba! ¡Vamos! Sus medias blancas y sus pantalones negros hasta la rodilla son inconfundibles.

Todos la siguieron. El crío cambió de calle un par de veces, hasta llegar justo enfrente de la casa de Mozart. Estaba a tope de turistas, pero el viejo vestido de noble vienés que llevaba el niño le hacía destacar entre la multitud.

—¡No va a poder entrar! —señaló Rosa—. ¡Es domingo y está cerrada!

Pero ante la sorpresa de todos, el chico abrió la puerta... y se metió dentro. Por supuesto, Los Pentasónicos le siguieron. Entraron, como una manada de rinocerontes en una pastelería, y se llevaron por delante todos los muebles, porque la casa estaba completamente a oscuras.

—¡Ya está! —Rosa estaba contrariada—. ¡Hemos perdido de vista al ladrón!

—Parece que se ha vuelto invisible —se extrañó Miguel—. ¿No estaremos persiguiendo al mismo fantasma que nos perseguía anoche?

—Me da igual —bramó Braulio—, yo quiero mi trompeta y ningún mocoso, por muy fantasma que sea, me la va a quitar.

—Pues al fantasma ese de Mozart se lo ha tragado la casa.

—¡No! —gritó Jaime—, ¡está bajando por esas escaleras!

Todos quisieron ser los primeros en bajar y... acabaron rodando por los escalones hasta estrellarse contra el suelo.

—¡Ay! —se quejó Clara—. ¡Todo esto está muy negro!

Tenía razón. Habían ido a parar a una especie de cripta muy pequeña y que olía a humedad. No se veía nada, excepto un pequeño resplandor. Rosa se acercó a él para ver qué era esa pequeña rendija de luz.

—¡Es una trampilla!

—¿Una qué? —preguntó Miguel.

—¡Una trampilla! ¡Me apuesto la paga de un mes a que el niño se ha metido por aquí! ¡Braulio, ayúdame a levantarla!

Cuando consiguieron abrirla, vieron unas escaleras de caracol que se perdían en el fondo de aquel agujero.

—¿Estás completamente segura de que

debemos meternos por ahí? —Clara no las tenía todas consigo.

—¡Sí! —contestó rápidamente Braulio—. ¡Debemos recuperar mi trompeta! ¡Es..., es... el símbolo del honor en mi familia!

Y sin dudarlo ni un instante, se metió dentro. Todos le imitaron. Las escaleras de caracol eran algo angostas, pero tenían tanta prisa que pronto llegaron abajo. Y lo que vieron les dejó alucinados. Una gigantesca sala con una larga mesa en medio llena de pergaminos, plumas y tinteros. La rodeaba un sinfín de vitrinas y en cada una de ellas había una partitura diferente.

En la pared de enfrente, la única que quedaba libre, vieron una chimenea encendida y, colgado sobre ella, un gran cuadro de Mozart presidía la estancia. Llevaba el mismo vestido de encajes y la misma peluca que habían visto al niño que les robó la trompeta. Pero no tuvieron mucho tiempo para hacer comparaciones, porque un anciano los estaba observando con atención. A su lado, se escondía el pequeño ladronzuelo, aún con la trompeta en la mano.

—Vaya, vaya... —el viejo los observó con atención—, así que vosotros sois los chicos que tanta curiosidad habéis despertado en mi nieto Roderich.

—¡Déjese de cháchara y devuélvame la trompeta de una vez! —exigió Braulio, no sin sorprenderse antes de que aquel hombre hablase español.

—¡Oh! —el hombre reparó en que su nieto llevaba el instrumento en la mano.

Se apresuró a reprenderle en alemán, al mismo tiempo que le devolvía la trompeta a Braulio. Luego, volviendo al español, les comunicó solemnemente a todos:

—Disculpad, no era su intención. Os pedirá perdón ahora mismo.

El niño hizo un mohín de desgana, pero finalmente respondió:

—Perdón —hablaba un español vacilante, con un fuerte acento alemán.

—Como podéis comprobar, mi Roderich no habla muy bien vuestra lengua, aunque os aseguro que la entiende perfectamente.

—Pero... —Rosa aún estaba confusa—. No comprendo nada. ¿Quién es usted? ¿Qué significa todo esto? ¿Por qué su nieto va disfrazado de Mozart cuando era pequeño?

—Me estás pidiendo que responda a muchas preguntas a la vez —sonrió—. Será mejor que empecemos por vosotros. Roderich me ha dicho que andáis detrás de una obra secreta de Mozart. Os estaréis preguntando cómo lo sabe. Pues es muy simple: os anda espiando desde que os plantasteis delante de la casa del compositor y mantenéis la desagradable costumbre española de hablar demasiado alto.

—¿Tendrás morro...? —le echó en cara Miguel.

—Tranquilos, muchachos, nosotros podemos ayudaros. Somos una gran familia de copistas. Custodiamos las obras de Mozart desde el mismo año en el que comenzó a componer. En vida, fue sin duda un músico genial, desde el principio, aunque también demasiado despistado. Empezaba muchas obras, pero no terminaba ni la mitad. Y nosotros, los copistas, las recogíamos por todas partes (en la cocina, debajo de su cama, junto al retrete...) y nos encargábamos siempre de guardarlas en un lugar seguro. Mi tatarabuelo fue el primero que descubrió las extraordinarias cualidades de ese niño juguetón, regordete y cabezón. Después, cuando él murió, esta tarea ha ido pasando de padres a hijos, pues nuestra misión ha sido siempre muy importante, aunque ingrata: evitar que se pierda ni una sola de las obras del Genio... Lo cual es realmente difícil. Hay que tener en cuenta que sus partituras se encontraban en los lugares más insospechados. ¿Por qué? Porque Mozart era una persona realmente divertida, grotesca, diría yo, y siempre le gustaron las bromas y las sorpresas. Y la verdad es que, a lo largo de estos siglos, nos ha dado unas cuantas..., a cada cual más grande.

—Pare el carro, señor —Rosa frunció el ceño—. ¿Me está usted diciendo que son una especie de secta, que va por ahí buscando las obras perdidas de Mozart? ¿Y luego qué hace con ellas? ¿Se las guarda? —su mirada vagó por las innumerables vitrinas llenas de partituras.

—Pues sí. Nuestro clan las recoge aquí y luego las distribuye, convenientemente.

—¿Como una casa de subastas... de ésas que venden los cuadros más caros de la historia?

—No, muchacho, nosotros no las vendemos. ¿Para qué?, ¿para que las compre algún multimillonario que quiera fardar delante de sus amigos? No. Ellos nunca comprenderían su verdadero valor. Sin embargo, nuestra familia, dedicada a la música durante siglos, sabe tratarlas adecuadamente —se acercó a la vitrina más próxima y acarició con mimo el cristal.

—¿Y tienen ejemplares únicos? —quiso saber Jaime.

—¡Claro que sí! Mira, por ejemplo, ésta. Es realmente la primera sinfonía que compuso el pequeño Mozart. Nadie la ha oído desde hace siglos. ¿Sabéis? Mozart la escribió con diez años, pero nunca llegó a publicarse. Leopold, su padre y maestro de música, no la consideraba lo suficientemente buena, y por eso no está terminada. Sin embargo..., yo creo que es sencilla y alegre. Una pieza realmente delicada.

Todos pegaron la nariz al cristal. ¿Realmente aquellas notas borrosas e indecisas habían salido de la mano del mismísimo Mozart? Se negaban a creerlo. Al menos en parte.

—Entonces... si tienen todas esas obras de Mozart que nunca llegaron a publicarse —continuó Rosa—, es probable que posean la que nosotros estamos buscando. Es... muy sencilla, ¿sabe? La primera obra que escribió.

—¿La primera? Ésa no tiene misterio alguno, hijita, la puedes encontrar en cualquier tienda especializada de música. Sobre todo en métodos para principiantes.

—No, ésa que usted dice es la segunda —le intentó corregir Miguel—. La primera de todas la quiso destruir su padre, porque era demasiado fácil de tocar, un simple comienzo. Era... un canon, creo. Pero Mozart, que era muy listo, se adelantó y la guardó en un escondite secreto.

El viejo se quitó las gafas y se quedó mirando al techo durante unos instantes. Después acarició la peluca blanca de su nieto y la mirada se le volvió a encender como un árbol de Navidad.

—Un canon... muy sencillo..., así es. Realmente se sabe que él compuso algo así. Pero la gente está equivocada, en parte. No fue su primera obra, sino todo lo contrario. Más bien de las últimas. Aunque, claro, es tan sencilla que por eso la gente piensa que es de su infancia.

—Perdone, pero lo que usted está diciendo ahora mismo no tiene sentido —le interrumpió de nuevo Rosa utilizando su lógica aplastante, la misma que le permitía sacar diez dieces seguidos en los exámenes de *mates*—. ¿Por qué Mozart escribiría algo tan fácil cuando era ya un maestro de la composición? ¿Tal vez para reírse de sus admiradores?

—Un poco más de respeto, señorita, estamos hablando de la mejor de sus obras. Muchas veces, la belleza suprema puede estar en algo tan sencillo como una gota de agua cristalizada por el frío del invierno.

—¿La mejor obra es la más sencilla, quiere usted decir? —Rosa empezaba a pensar que a ese viejo le faltaba un tornillo. Igual que a su nieto, que, sin duda, se creía la reencarnación de Mozart.

—Uff, será mejor que comencemos por el principio —el anciano puso cara de resignación—. Tendré que relataros una historia que sucedió hace muchísimo tiempo...

16. El desafío

«Realmente la música de Mozart es mágica. Increíblemente bella. Fluye como el agua de una corriente infinita. A veces es un pequeño y tenue riachuelo; otras, un estrepitoso y embravecido mar. En ocasiones adopta la forma de un calmado y relajante lago... o la fuerza e ímpetu de una cascada. Pero siempre consigue elevarnos, llevarnos muy lejos del agobio de la vida, a un extraño lugar en el que sólo se respira calma..., una sencilla, delicada e indestructible calma —pensaba Haydn, mientras escuchaba absorto la nueva sonata que su amigo había compuesto—. Algunas veces, también siento envidia. La música surge instantáneamente de él, sin que tenga que darle apenas unos retoques. Nunca ha sufrido por no encontrar la nota adecuada o por estar falto de ideas en los momentos más importantes. Supongo que también desconoce lo que es el esfuerzo de componer, de tratar de sorprender a la gente con nuevas ideas. Para él todo es terriblemente fácil.»

—Os gusta, ¿verdad, Maestro? —Mozart había terminado ya de ejecutar la pieza y miraba a su amigo Franz con una mezcla de altivez y burla.

Éste se sintió tentado de responder lo que realmente pensaba. «Una obra maravillosa, sencilla, pero, a la vez, rica en conteni-

dos. He de decirte que supera con creces cualquier sonata que yo haya escuchado nunca. Como de costumbre, me veo obligado a felicitarte. Eres un genio, mi querido Wolfgang.» Sin embargo, en lugar de expresar eso, decidió que trataría de hacer pensar a Mozart, de obligarle a esforzarse por una vez en su vida.

—De verdad me parece que es bonita —Haydn disfrutó al ver la cara de extrañeza que ponía su amigo, acostumbrado a recibir numerosas abalanzas.

—¿Sólo eso? —Mozart creía merecer algo más que un simple «me parece bonita»—. ¿Y si te digo que la he compuesto esta misma mañana, cuando desayunaba? ¿Habrías sido tú capaz de hacer algo así?

Haydn sabía que no, pero se limitó a hacer un gesto despectivo con la mano.

—Estaba pensando... Tu sonata es realmente hermosa, pero... ¿Recoge verdaderamente la esencia de la MÚSICA? Música

pura, más allá de los instrumentos, de las notas, más allá de la razón misma...

—¿Qué estáis diciendo? —Mozart hizo una mueca de desagrado.

¿A qué venía todo ese rollo sobre música pura? ¿Acaso no era MÚSICA lo que componía? ¿Se estaba burlando de él?

—Sólo voy a hacerte una proposición —continuó Haydn—, me preguntaba si tú podrías ser capaz de escribir una obra que reflejara, que mostrara lo que es la música en realidad. Porque yo creo que la música pura es mucho más que un conjunto de instrumentos tocando unas notas determinadas...

Mozart empezaba a comprender lo que su amigo trataba de explicarle. Poco a poco, todo parecía cobrar sentido.

—Hagamos una apuesta —le retó Haydn terminando el trabajo que se había autoimpuesto—. Cada uno escribirá una obra intentando explicar lo que es la MÚSICA. El que lo consiga..., bueno, podrá considerarse sin duda

el mejor compositor de todos los tiempos, pues hasta ahora nunca se ha escrito una pieza tan maravillosa.

¿Un desafío? Mozart sonrió. Lo ganaría, por supuesto. Y no sería la primera vez. La gente le tenía envidia y siempre le proponía hacer cosas que, a primera vista, parecían imposibles. Pero él ganaba siempre. ¿Acaso no era el mejor compositor del mundo?

—Trato hecho. El que gane la apuesta será el mejor músico de todos los tiempos. ¿Sabes, Franz? Me gusta cómo suena eso. Me hace sentir... más especial aún.

«No es tan fácil como crees, mi orgulloso Wolfgang, no lo es», murmuró Haydn para sus adentros.

Mozart arrugó enfadado la partitura y la tiró al suelo con un gemido de decepción. ¿Por qué todo tenía que ser tan monstruosamente difícil? Cuando llegó a su casa, a eso de las seis de la tarde, se puso a trabajar rápidamente en la obra que le había pedido Haydn. Quiso hacer una sinfonía, para demostrarle que podía con lo más complicado. Tenía muchas ideas. Pero algo en su interior le decía que no era eso lo que estaba buscando. A las ocho dejó de intentarlo. Mejor haría un cuarteto. Se le daban muy bien. Sí, ésa era la solución.

Pero... de nuevo un fracaso total. Mozart no estaba acostumbrado a sufrir de ese modo. Siempre tenía un montón de ideas adecuadas para ganar cualquier apuesta, la música pasaba de su cabeza al papel sin ningún esfuerzo. ¡Por Dios, él era un genio! No podía sucederle algo así. Era... humillante, para alguien que con doce años escribía sinfonías. A las diez le dio una rabieta, y se puso a gritar y a romper todo lo que encontraba.

Sólo se calmó cuando su esposa, Constance, le consoló y le mimó como si fuera un niño pequeño.

—Vamos, Wolfie, tranquilízate. No le des a la cabeza. Ven a acostarte. ¡La almohada es buena consejera! —replicó con una dulce sonrisa.

—Espérame allí —rezongó el compositor.

No pensaba darse por vencido. Sólo de imaginar la estúpida sonrisa de Haydn, cuando se enterara de que no había sido capaz de escribir la obra, le daba náuseas. Tenía que demostrarle que estaba a la altura de cual-

quier apuesta. Por estúpida que fuera. Se puso a trabajar en una pequeña pieza para clave. Algo sencillo, sin floreos, ni complicaciones. Todo aquello sólo servía para recargar la obra. Trabajó en esa idea hasta las seis de la mañana... sin conseguir nada. Nunca se había sentido tan inútil en toda su vida. Siempre había creído que la música era fácil, un juego de niños. «Y pensar que me reía de aquellos que necesitaban meses y meses para terminar una simple sinfonía... Ahora resulta que no soy capaz de escribir ni una canción sencillita.»

Se levantó de la silla. Era de tontos seguir intentándolo. Le escocían los ojos, y estaba muy cansado. De un soplido apagó la vela, y a trompicones se dirigió al dormitorio. Pero por alguna extraña razón se quedó parado ante la puerta, observando. Todo estaba en penumbra. No oía ruido alguno, ni tenía frío ni calor. Se sentía raro. Hasta el aire que respiraba le parecía diferente. Parecía como si, de repen-

te, el tiempo se hubiera detenido. Mozart se acercó a la cama. Acurrucada en uno de los lados dormía Constance. Tenía la cara vuelta hacia el otro lado. Acarició con delicadeza sus rizos oscuros. Eran muy suaves. ¿Por qué nunca se había percatado de que tenía un cabello tan bonito? Se situó enfrente de ella, para poder verle el rostro. Tenía los ojos cerrados y una sonrisa en la cara. Pero no aquella sonrisa pícara y burlona que conocía tan bien, sino una sonrisa serena y tranquila. Le tocó la punta de la nariz. Se fijó en que ella abrazaba con cariño su vientre, en el que empezaba a crecer una nueva vida. Y de improviso, sintió un profundo amor hacia Constance y su futuro hijo. Se sumió en aquel sentimiento hermoso, que lo llenaba por completo. Cerró los ojos y... de lo más profundo y recóndito de su alma surgió una melodía. Eran apenas unas notas... pero había algo que las hacía especiales. Era como si su cerebro hubiese transformado aquel intenso sentimiento de amor... en música.

Se levantó, dirigiendo sus pasos hacia la ventana. Descorrió la cortina. Miró. Y se dio cuenta de que era lo más bonito que había visto en muchos años. Viena amanecía. Se notaba ya a lo lejos el débil resplandor del sol. La luna, pálida, parecía estar mirándolo desde un rincón del cielo. Algunas estrellas todavía titilaban suavemente. Observó la ciudad. Las altas cúpulas de las iglesias, las majestuosas mansiones, los tejados de las casas... Viena le parecía increíblemente grande ese día. Se sentía muy pequeño a su lado. Pero a la vez, también le gustaba. Era como estar protegido por todos aquellos edificios, aquella gente...

Una sensación de júbilo le recorrió. El corazón le latía rápido... y sonó en su cabeza una segunda melodía, igual de sencilla que la anterior, pero muy diferente. Realmente Viena era una ciudad espléndida, mucho más bonita que Salzburgo, Mannheim o París...

París. Un escalofrío le recorrió de arriba abajo. Estaba recordando un oscuro suceso acontecido en la capital francesa. Distintas imágenes acudían a su mente, todas igual de desgarradoras. Su madre enferma, tosiendo... La voz pesimista del médico... El aire húmedo, filtrándose por las rendijas de las ventanas, mientras su madre seguía tosiendo... Su piel pálida, sus ojos hundidos, sus manos huesudas agarrándole, mientras ella sollozaba: «No dejes que se me lleven, Wolfgang, no dejes que me agarren... Están ahí, al pie de mi cama... Acechando... Ayúdame, ayúdame...»

Aún oía su voz desgarradora, aún podía sentir la profunda melancolía que se adueñó de él... La tristeza, que se empeñaba en ahogarle con una mano gélida.

Tratando de reprimir un sollozo echó a correr, queriendo huir de sus propios sentimientos. Se paró en el recibidor, tratando de recuperar el aliento. Comenzaba a ocurrírsele una nueva melodía. Miró a su alrededor... y se topó con unos ojos que lo observaban. Aquellos ojos de mirada fría y severa... Aquellos *ojos que tanto terror inspiraban en él... Su padre, pintado en aquel cuadro, parecía extraordinariamente real. Casi podía oír su voz, potente y grave: «Wolfgang, no hagas esto, Wolfgang, me has decepcionado, Wolfgang, esto no está ni medio bien, Wolfgang, hazme caso por una vez en tu vida, Wolfgang, a veces dudo de que seas mi hijo... Wolfgang... ¡Wolfgang! ¡¡WOLFGANG!!»*

—¡Déjame! ¡Déjame! —sollozó Mozart—. ¡Nunca dejaste que hiciese algo por mí mismo, siempre tuve que vivir bajo tu sombra! ¡Todo lo que hice nunca bastó para contentarte, siempre querías más, más, MÁS! ¡Pero ahora ya se acabó todo, tú ya no existes, no existes! ¡¡NO EXISTES!!

Tapándose la cara con las manos, huyó de aquella horrible imagen, mientras volvía a oír en su cabeza otra melodía, esta vez nacida del miedo, el rencor, la venganza...

Estaba en el comedor. Se acercó lentamente al gran espejo y miró. Vio a un joven de piel pálida y ojos grises. Parecía asustado y temeroso, pues le temblaban las piernas y tenía todo el cabello rubio revuelto. Se dijo a sí mismo que ese hombre bien podía estar en aquel estado, pues acababa de experimentar toda clase de sentimientos profundos. Algunos habían sido agradables y dulces, pero otros habían resultado fríos y temibles. Entonces cayó en la cuenta de que eso era la vida.

Una sucesión de sucesos, a veces alegres, a veces tristes. Y que era allí donde residía precisamente su encanto. Alargó la mano para tocar el reflejo. Su reflejo. Y de nuevo oyó una melodía que contenía su esencia. Su verdadera naturaleza. Y entonces salió del trance en el que había caído. Aquella música seguía intacta, bien guardada en su cabeza.

Se abalanzó sobre el papel y comenzó a escribir. Era un canon. Con cinco voces. Una era el amor. Otra, la alegría y la majestuosidad. La siguiente representaba la desgarradora tristeza. La penúltima, el miedo y el rencor... Y finalmente... Él. En aquel caos de sentimientos surgía su propia esencia. El origen de toda aquella música. Ahora lo comprendía todo. La verdadera música surge en lo profundo de uno mismo. Captarla era casi imposible... A no ser que busquemos en lo más recóndito de nuestro interior, en ese extraño lugar que ni siquiera nosotros mismos conocemos.

—Es un canon.

Haydn miró a su amigo expectante. Lo notaba demasiado serio ese día.

—Tú toca estas dos voces, yo haré las tres restantes —Mozart le cedió un sitio al lado del clave.

—Pero... estas voces no van a combinar bien, Wolfgang. Un allegro, un lento... ¡Son dos cosas totalmente opuestas!

—No hables, Franz, y toca. Ya verás cómo al final resulta. Haydn obedeció. Y... lo que oyó en aquel momento fue imposible describirlo con palabras. Aquella música era lo mejor que había escuchado en su vida. Nunca había oído algo tan sincero, tan profundo, tan cerca de lo divino...

—Wolfgang Amadeus Mozart, eres realmente el mejor músico que ha existido en el mundo —susurró—. Es el mismísimo Creador el que sopla la música en tu oído.

17. Un escondite perfecto

Todos se habían quedado medio embobados escuchando el relato del abuelo. Pero aun así, no se lo creían del todo. Y tenían muchas preguntas:

—¿Puedo saber por qué habla usted español? —a Miguel le parecía que era ése el misterio más grande de todos.

—Er... Bueno, me estás pidiendo que te cuente la historia de mi vida...

—¿Cuántas veces te he dicho que no seas indiscreto? —Rosa riñó a su amigo—. ¡No puedes preguntar algo tan importante, así de sopetón!

—¡Oye, que no todos hacen preguntas tan rebuscadas como las tuyas, sabihondilla!

—Tranquilizaos, chicos, no os pongáis así. No me importa decíroslo. Veréis, me llamo

José Cortijo García, y nací en España. Cuando estalló la Guerra Civil, fui uno de los muchos niños que fueron enviados a internados alemanes.

—¿Y perdió a sus padres?

—Por desgracia sí, Rosa.

—¡Qué triste!

—Bueno, pero luego una familia austriaca me adoptó y fue muy cariñosa conmigo. Precisamente el padre era descendiente directo de uno de los copistas de Mozart, y fue el que me introdujo en el clan. Más tarde, me casé con su hija, mi querida Therese, y así pasé a formar parte de esta gran familia...

—¿Y han estado en esta cripta desde siempre? Quiero decir: ¿sólo ustedes conocen su existencia?

—Sí. Y espero que guardéis el secreto... —alzó una ceja.

—Tranquilo, señor, nosotros somos unas tumbas —se apresuró a decir Braulio.

—A ver, señor. Yo tengo otra duda —dijo

Rosa con ese soniquete de empollona, que solía usar siempre que creía que alguien se estaba equivocando en algo.

—Dime.

—Si Haydn y el mismísimo Mozart (los dos músicos más grandes de su tiempo) estaban de acuerdo en que ésa era la mejor obra..., entonces, ¿por qué no la publicaron o la tocaron en alguno de sus conciertos para que la gente la conociera? No me pega eso de que Mozart, con lo chulo que era, la escondiese.

—No es del todo descabellado, créeme. Como os he dicho, esa obra no encerraba la esencia de la música, sino la del propio Mozart. Era algo muy personal, quizá porque, por primera vez, nos descubría al genio por dentro. Por eso, él debió de pensar que algo tan..., tan... suyo no debían conocerlo los demás. Quizá fuera algo egoísta, pero si lo piensas bien, le encontrarás la lógica. Y por lo visto debió de esconderla demasiado bien. Llevamos generaciones buscándola... sin ningún resultado.

—Bueno —opinó Jaime—, quizá la escondiese aquí, en la casa donde vino al mundo, ¿no?

—Imposible. Nosotros ya hemos rastreado todos los rincones, palmo a palmo, y no hemos encontrado nada. Además, a lo largo de su corta vida, Mozart alquiló varias viviendas como ésta, así que las posibilidades se multiplican por mil.

—¡Por favor, permítanos echar un vistazo! —rogó Rosa, que estaba convencida de que Los Pentasónicos eran capaces de todo.

El anciano se lo pensó lo suyo. Pero al final decidió ceder.

—De acuerdo. Os daré las llaves.

No se imaginaba que iba a estar el resto de su vida arrepintiéndose de este acto de confianza repentina.

Subieron todos al piso de arriba, junto con Roderich, que se había convertido en su guar-

daespaldas. Al fin y al cabo lo necesitaban, puesto que, según afirmaba su propio abuelo, conocía la casa como la palma de su mano. Y de este modo, se dispusieron a completar la delicada misión que les había llevado a Salzburgo.

—Ejemm... ¿Miguel? —Rosa se acercó a su amigo, que se había puesto a buscar, como un poseso, detrás de cualquier objeto a su alcance: debajo de las mesas, en las cisternas de los retretes y hasta dentro del desgastado paragüero que había en la entrada—. Miguel, ¿se puede saber qué estás haciendo?

—¿Yo? Parece mentira que una superdotada como tú me lo pregunte. Estoy buscando la partitura —y siguió moviendo en todas direcciones el paragüero.

—Eh..., Miguel... —Rosa comenzaba a preguntarse si realmente había alguna molécula de masa cerebral en el cabezón de su amigo—. Si Mozart hubiera escondido la partitura aquí, no la habría dejado en sitios tan... a la vista. ¿No te parece? Tiene que estar mucho más escondida, en..., en... un sitio ultrasecreto, muy rebuscado, que nadie conociera, aparte de él.

—Entiendo —respondió Miguel, aunque no comprendía nada.

—*¡Ya, ya, ya!* —Roderich sí que lo había pillado—. *¡Chicorrr errrstúpiden!* —exclamó en su precario español.

—¿Chico estúpido? —ahora Miguel sí que se enteraba—. ¡Te voy a dar...!

Y, sin más preámbulos y saltándose a la torera la famosa amabilidad hispana, se abalanzó sobre el niño.

—Venga, chicos, éste no es momento de pelear —sin mucho esfuerzo, Braulio se interpuso entre ellos y logró separarlos, pero no pudo impedir que los dos siguieran lanzándose miradas envenenadas durante un buen rato.

—Vamos, Miguel... —Rosa intentó tranquilizarle—. Esto de buscar la partitura es como... ¡buscar el tesoro escondido en una isla!

—¿Como hacen en las *pelis?*

—¡Sí, eso es! Tú piensa un poco. A ver, los piratas no lo van a dejar debajo de la primera palmera que encuentren, ¿verdad? No, lo esconderían en una cueva o algo así. Metido, por ejemplo, en un cofre, ¿no es verdad?

—¡Ah claro!, ¡cómo no se me había ocurrido antes!

—Por esa razón, es un poco estúpido ponerse a mirar dentro de un paragüero.

Esta vez sí había captado la indirecta. Así que todos pudieron seguir buscando sin tener que estar pendientes de las locas ideas de Miguel.

—¿Y si introdujo su tesoro musical en un hueco de la pared? —les volvió a interrogar Rosa tocando la pared con las yemas de sus dedos y dando después unos pequeños golpecitos para comprobar si estaba hueca.

—¡Qué guay, como en mi serie favorita! —exclamó Clara—. En el capítulo 236 sale algo parecido. Hablo de *El psicópata asesino*. ¿Visteis cuando la *poli* descubre que guardaba los cadáveres en las paredes de su casa? Primero hacía un agujero del tamaño de una momia y luego sólo tenía que taparlo colocando un armario medio oxidado.

—Menudo rollo, yo prefiero *La familia Felpúdez se va de vacaciones* —atacó Braulio.

—Ya se ve los gustos pésimos que tenéis. ¿Es posible que nadie vea *Corazón de hielo?*

—¿Hablas de ese pastelón rosa? ¡Vaya rollete para cursis, hija! —le recriminó Clara.

—Pues anda que tú, mucho criticar a

Rosa, pero lo que ves no es más que una basura, en la que sólo hay salsa de tomate y sexo —se defendió como pudo Braulio.

—¿¡Qué!? ¡Pues *La familia Felpúdez* no es más que un culebrón para viejos!

—¡¡Lo mejor es lo romántico!! —se defendió Rosa con ardor guerrero.

—¡¡Los asesinatos en serie!! —gritó aún más fuerte Clara.

—*Puerrs srre notrra querrr norrr habéisrr virrsto unarr serrie der aquirrr querrr...* —empezó Roderich.

—Oh, vamos, ¿a quién le importa eso ahora? —gimió Jaime—. Se supone que estamos buscando la partitura más importante de la historia de la música y no se os ocurre otra cosa que discutir sobre las series de televisión.

—¡La he encontrado!

Todos se volvieron sorprendidos y vieron a Miguel que señalaba una urna de cristal que contenía algunos objetos personales de Mozart.

—¡Seguro que está ahí dentro!

Horrorizados, comprobaron cómo el muy bobo comenzaba a golpear el cristal con una silla, para poder romperlo.

—¡¡Miguel, no!!

Todos a una se lanzaron sobre él, para evitar que sonara la...

¡¡¡¡¡¡¡RIIIIIIIIIIIIIIIIIIIIINNNNNNNNNNGGG!!!!!!!

La alarma comenzó a sonar estrepitosamente. Todos se taparon los oídos. Pero aun así, Rosa y Clara se las arreglaron para pegar un par de mamporros al tonto de su amigo. Y aquel estridente sonido hubiera seguido des-

pertando a todos los *polis* de la ciudad, si Braulio no se hubiera lanzado sobre el cuadro de luces para desconectar un interruptor bien grande. Braulio era el único del grupo que solía sacar buena nota en la asignatura de tecnología. Era el único borrón que tenía en su largo historial de mal estudiante.

—¡Uf! —le agradeció Rosa su rápida reacción—. Menos mal que aún queda alguien con cabeza en nuestro quinteto.

—Será para compensar, digo yo, porque sé de uno que, en cambio, sólo la tiene de adorno corporal..., y no miro a nadie —pero lo cierto es que Clara tenía los ojos puestos en Miguel.

—Bueno, pues mejor eso que ser una pija al cubo.

—¿¿¿¡¡¡¡Pija!!!!??? —sin pensárselo ni un segundo, Clara se fue a por el bocazas de su compañero.

Los dos se enzarzaron en una pelea llena de golpes bajos.

—Ya estamos otra vez —suspiró resignado Jaime—. Anda, Braulio.

Éste se acercó a ellos. Sabía lo que tenía que hacer.

—Venga, chicos, se acabó la pelea.

Como un buen árbitro de fútbol, se interpuso entre los dos.

—¡¡Métete en tus asuntos, bola de sebo!! —le gritó Miguel.

Llegados a este punto, debemos explicar un simple detalle antes de poder continuar. Braulio era una persona tranquila por naturaleza. No había nada que le molestase. Ya podías llamarle bobo, cabeza hueca, tonto, simplón..., y él ni se inmutaría. Pero si le mentabas algo referente a su físico... ¡Bueno, eso era otra cosa! Expresiones como «gordinflón», «barrigudo», «foca»... solían ponerle a mil revoluciones, y el resultado siempre era el mismo: un puñetazo directo al esófago. Y entre todas ellas, había una que le hacía volverse especialmente loco. Y ésa era precisamente... «bola de sebo».

—¡¡¡Te vas a enterar, renacuajo estúpido!!!

Y sin pensárselo dos veces, cogió lo que tenía más a mano (que resultó ser un dibujo de Mozart que estaba colgado en la pared) y lo estampó en la cabeza de su amigo.

—¡Te lo has cargado!

Efectivamente, la cabeza de Miguel sobresalía ahora del lienzo.

—Córcholis, es verdad... —reconoció Braulio, que se iba calmando.

—¡A ver ahora qué hacemos! —gimoteó Rosa—. Seguro que era un grabado único y valía un montón de millones.

Clara, muy afectada por el incidente que

acababa de provocar, se acercó para sacar el cuadro de la cabeza de su colega y, al mover el lienzo agujereado, un papel cayó al suelo.

—¿Qué es eso? —la chica se acercó a recogerlo... y ahogó una exclamación.

—¡¡No es posible!!

Todos se acercaron a mirar y descubrieron una partitura amarillenta. Un canon para cinco voces.

—¡¡La hemos encontrado!! —chilló Rosa a grito pelado.

—¡¡Los Pentasónicos somos los mejores!! —vitoreó Braulio.

—¡¡Sí!! ¡¡Sí!! ¡¡Sí!! —aplaudieron todos a la vez.

—Eh, no arméis tanto jaleo. Además, ¿alguien tiene idea de qué vamos a hacer con el cuadro roto?

—Bah, si es por eso no te preocupes, Jaime. Aquí tengo un pegamento ultrarrápido que... —le explicó Miguel, tratando de quitar importancia al asunto; no en vano era todo un manazas y siempre iba preparado para lo peor—. Déjamelo a mí. Yo recompongo este dibujo en cuestión de segundos y se queda como nuevo.

A la mañana siguiente, los empleados de la casa natal de Mozart se llevaron una desagradable sorpresa. No funcionaba ninguna bombilla y el cristal de una de las urnas presentaba una enorme grieta. Pensaron que habían entrado unos ladrones, pero, al revisarlo todo, se dieron cuenta de que no faltaba nada.

—¡¡¡¡Ah!!!!! —chilló horrorizada antes de desmayarse la primera turista japonesa que entró aquel día.

Al acercarse al cuadro de Mozart... ¡vio que

tenía los labios en la frente y la nariz en la barbilla!

«Nos ha dejado el mejor músico de todos los tiempos... Mucho me temo que, sin él, la música no será ya la misma.»

Mientras reflexionaba, Haydn se quitó la peluca. Se sentía profundamente abatido por la muerte de su amigo.

«Era tan joven..., sólo treinta y cinco años, aún le quedaba mucho camino por recorrer.

Dicen que ha sido una enfermedad, pero yo creo que pudieron más el desprecio y la ignorancia de sus conciudadanos.»

Su mirada vagó por toda la habitación y, de pronto, recordó algo. Se abalanzó sobre una cómoda situada cerca de su escritorio y comenzó a rebuscar entre los papeles. Como no encontraba lo que andaba buscando, quitó el cajón y lo volcó en el suelo. Una nube de papeles revoloteó por el aire. Algunos eran cartas, otros partituras. Las revolvió impaciente hasta que encontró lo que buscaba. Una partitura antigua y amarillenta, cierto canon a cinco voces. Hacía poco tiempo que había visto por última vez a Mozart, y entonces éste se había empeñado en regalarle la obra.

—Vamos, Franz, quédatela. Sabes que es algo muy especial para mí. Debes guardarla en un sitio donde nadie la descubra. Es algo demasiado personal para que la gente la escuche. Confío en que podrás hacerme este favor.

«Parece como su última voluntad», se dijo Haydn en ese momento. «¿Cómo no pude darme cuenta antes...?» Se quedó pensando durante unos instantes y decidió: «Debo esconderla ahora. Sí, eso es. Pero... ¿dónde?»

Dio vueltas a este delicado asunto durante muchos días. No supo qué hacer hasta que encontró, entre sus papeles, un dibujo de Mozart, que había realizado un amigo de ambos aficionado a la pintura. Era bastante sencillo, ninguna obra de arte. No llamaba demasiado la atención. Decidió enmarcarlo, pero con un doble fondo, así podría ocultar la partitura dentro del cuadro y luego regalárselo a su viuda como recuerdo. De este

modo, esta música sublime, sin que nadie lo supiera nunca, estaría muy cerca de lo que más amó Mozart.

¿Y mientras tanto qué pasó con Borja y los suyos?

A golpe de tarjeta, contrataron una limusina que los sacó del aeropuerto en un par de minutos. El chófer era muy educado, es decir, no se atrevió a abrir la boca en todo el trayecto y, como se trataba de un grupo de españoles, los llevó directamente al campo de fútbol más cercano.

—Gracias, Charly —le dijo Borja tras firmarle el recibo de la transacción electrónica (para él todos los criados se llamaban Charly)—. Mañana por la tarde pasa a recogernos. No te olvides: el vuelo de vuelta a España sale a las ocho de la tarde.

—*Yaaaaa...*

El chófer se puso de nuevo el sombrero y,

con cara de resignación, cerró la puerta del minibar que había en los asientos de atrás. El trayecto hasta el estadio había sido más bien corto, pero Pepo y Kurro no habían dejado ni un mísero cubito.

—¡Vaya pasada!

Débora no pudo ocultar más su satisfacción. No le gustaba nada el fútbol, pero el campo estaba rodeado por un lujoso hotel de montaña, dos piscinas de agua cristalina y un restaurante *made in* Hollywood. ¿Qué más podía desear?

—Chicos, no os cortéis. La Visa Oro de mi padre no tiene límite, así que podemos pasarlo en grande —anunció Borja.

Y habían llegado en el momento justo, porque el partido estaba a punto de empezar. Los hinchas casi reventaban las gradas con sus gritos y Diplodocus se fue corriendo con el único propósito de animar al equipo rival. Era simple solidaridad interracial. Cuando juegas fuera de casa, muy pocos se atreven a seguirte y Diplodocus sabía que, por peso, sus exabruptos valían por diez.

Mientras tanto, Kurro y Pepo sacaron sus respectivos bañadores y se dirigieron a las tumbonas de la piscina para dormir la mona. No habían lavado aquella prenda desde el último verano, pero no creían que eso importara mucho a los vigilantes del hotel.

Borja y su novia se quedaron solos.

—¿Y qué pasa con la partitura secreta de Mozart? —cayó en la cuenta Débora, y el sueño de pasar aquel fin de semana en un paraíso hotelero sin sus padres estuvo a punto de desvanecerse.

—Ah, bueno, no te preocupes. Esos inútiles no son capaces de encontrar ni una rueda en un garaje de coches.

—¿Y si, esta vez, les suena la flauta...?

—Cuando volvamos a casa, se la robamos y asunto resuelto.

—¡Qué grande eres, Borja!

—Ya lo sé, pichurri.

18. Misión cumplida

Roderich y su abuelo fueron a despedirlos al aeropuerto en representación del resto del clan. El niño no se había quitado su traje de pequeño Mozart y, al verlo tan mono, los turistas empezaron a darle monedas pensando que se trataba de una nueva atracción de Salzburgo.

—Su nieto está como una regadera, ¿verdad? —quiso Miguel confirmar sus fundadas sospechas antes de volver a casa.

—No, qué va... Sólo se está probando su nuevo disfraz de Carnaval.

El abuelo se metió rápidamente el dinero en el bolsillo (las pensiones suelen ser raquíticas en todos los lugares del mundo) y les dio su último consejo:

—Os lleváis un extraordinario tesoro musical, utilizadlo con sabiduría y, sobre todo, no permitáis que caiga en las manos de un coleccionista especulador.

—Se refiere a que no nos lo roben los de la banda de Borja —tradujo Braulio a sus compañeros mientras se atascaba subiendo la escalerilla del avión.

Por fin había llegado el feliz momento del regreso a casa... y Los Pentasónicos se pusieron a temblar.

Primero pensaban en el castigo que sus padres les iban a imponer por haberse escapado de casa. Pero había otra cosa peor: el viaje de regreso en avión. Lo de viajar en la bodega metidos en unas sucias cajas los había dejado traumatizados de por vida y, por nada del mundo, querían volver a repetir la experiencia.

Menos mal que el clan de Mozart se apiadó de ellos y decidieron echarles una mano. El abuelo había sido piloto de una avioneta que hacía piruetas en el cielo y, antes de estrellarse contra un pajar, tuvo tiempo de hacer buenos amigos en el aeropuerto.

A Braulio le colocaron de repartidor de bocadillos en el avión. Hizo tan bien su trabajo que no sobró ninguno: él se los comió todos.

Rosa y Clara, como eran las más listas del grupo, suplieron al copiloto. Había pillado la gripe en Groenlandia y, como era un vuelo barato, no tenían tripulantes de repuesto. Clara se tomó muy en serio su papel y quiso coger los mandos para situar el aeroplano en la primera pista que vio, pero el comandante, con mucha paciencia, le explicó que a los aparatos con alas no les gusta arrastrarse por el suelo. Clara lo entendió a la primera y se pasó el resto del viaje ligando con uno de la torre de control, que tenía la voz de su cantante favorito.

A Jaime, como no abría nunca la boca, salvo en casos de extrema necesidad, lo pusieron para atender las reclamaciones de los viajeros. Sólo dos quisieron hablar con él; el resto del pasaje se convenció pronto de que era sordomudo de nacimiento y dejó de importunarle.

En un arranque de heroísmo, Miguel se ofreció voluntario para pilotar el avión y acabó limpiando los retretes. Había dos, pero sólo funcionaba el que estaba en la cola del aparato. Miguel cogió un montón de revistas de las que repartían en primera clase y se encerró allí, dispuesto a no salir durante todo el vuelo.

De vez en cuando, oía golpes desesperados tras la puerta y, entonces, metía un par de hojas en el retrete y pulsaba con fuerza el botón de desagüe.

—*Sorry, ocupating por spanish caganding. And spanish is lento by natural* —gritaba para desanimar a los que esperaban su turno.

Al final, tuvieron que realizar un aterrizaje de

emergencia. Los bomberos acudieron en masa a la pista y rociaron el avión con agua y espuma. Y eso que no había fuego. Simplemente los pasajeros tenían tantas ganas de hacer pis, que amenazaron al comandante con mear en su cabina, si no aterrizaba lo antes posible para poder desahogarse en la pista.

Bueno, aun así, el viaje de regreso no fue tan malo. Como premio por su buen trabajo, la compañía de vuelos baratos les regaló un bono gratuito para que pudiesen volar todo lo que quisiesen, pero en los aviones de la competencia. Vaya chollo.

Lo más difícil fue volver a casa. Cada uno de Los Pentasónicos abrió, con mucho cuidado, su respectiva puerta con su respectiva llave y pusieron su respectiva carita de ángel, pero todos oyeron la misma pregunta:

—¿Qué tal el campamento de fin de semana?

—Bien, bien —respondieron todos con alivio y se encerraron corriendo en sus respectivos cuartos, no fuera que aquella especie de encantamiento se rompiese en cuestión de segundos.

No se trataba, sin embargo, de ningún hechizo de hadas. Antes de partir, Rosa había falsificado una carta con el sello del colegio y se la había enviado por correo a las cinco familias del grupo. En ella, el director les anunciaba solemnemente que sus hijos habían sacado las mejores notas en un examen sorpresa y que, por ello, habían sido premiados con una estancia de fin de semana en la playa, con todos los gastos pagados.

Aunque Rosa no supo calcular bien los posibles daños colaterales de su acción. Cuando la madre de Miguel leyó eso de «la mejor nota», le dio tal ataque de emoción, que tuvieron que llamar a una ambulancia.

—¿Qué tal el *finde?*

—Muy aburrido, *seño* —bostezó Braulio

de mala gana—, en la tele no echaban fútbol.

—Espero que, al menos, hayáis aprovechado la huelga de los futbolistas para practicar con vuestros instrumentos.

—Sí, mucho. No hemos parado en todo el día, de aquí para allá...

—Sobre todo, eso mismo, de aquí para allá —subrayó Jaime.

—Me alegra comprobar que tus cuerdas vocales aún funcionan —le soltó con ironía la profe de música—. Como casi nunca las usas...

—Es que no le gusta decir tonterías, como al resto de los mortales —matizó Clara saliendo en defensa de su compañero.

Un viaje lleno de peligros une mucho a las personas.

—¿Ya habéis decidido qué vais a tocar? Faltan sólo dos semanas para el concurso.

—Sí, señorita —le avanzó Rosa—, pero es una sorpresa.

—Vale, vale, vosotros sabréis lo que hacéis, ya sois mayorcitos.

Las dos últimas semanas del curso fueron un infierno, y no por los exámenes finales (¡quién lo iba a decir!).

Ensayaban como burros cada rato libre que tenían entre clase y clase. Pero no era suficiente. Así que no tuvieron más remedio que sobornar al cura que les daba clases de religión para que les dejase tocar en vez de leer la Biblia.

—Eso que tocáis es un tema religioso, ¿verdad?

—Sí, padre Aurelio —salió al paso Rosa—. ¿Cómo lo ha adivinado?

—Exactamente es un himno en honor a la

Virgen Santísima del Sagrado Pulmón de Cristo —completó Miguel poniendo cara de empollón.

—Ah, Miguelito, ¡qué bruto eres! Se dice Sagrado Corazón de Jesús y no pulmón. Tener unos buenos pulmones no es cosa de santos, sino de las cantantes de ópera.

—Esto lo compuso un hombre muy especial —entró al trapo Braulio para desviar la atención del cura.

—Sí señor, lo tuvo que ser, porque sólo un alma religiosa puede componer una música tan sublime, y a la vez tan sencilla como ésta. Aunque, y no os enfadéis, la tocáis como una pandilla de cuervos en plena discusión —dijo el cura dando un portazo y dejándolos solos en la clase de música.

Un día tras otro, Los Pentasónicos machacaron sus instrumentos. Al principio, la profe de música se temía que sus alumnos provocarían un nuevo diluvio universal. No obstante, conforme iba pasando el tiempo, el sonido iba mejorando, y pasada la primera semana, se produjo el milagro.

Con su trompeta, Braulio ya distinguía el *do* del *mi*. El gato salvaje, que vivía dentro de la viola de Jaime, se había mudado a un lugar más tranquilo para poder dormir y el clarinete de Miguel dejó de beber y ya no andaba borracho todo el día, dando tumbos de aquí para allá.

Aparte de sus vecinos respectivos, el que más se alegró del cambio fue el piano de Rosa. Por fin podía dialogar, de igual a igual, con sus primos lejanos, los instrumentos de cuerda y viento. Su tía, la trompeta, seguía siendo una chillona, resentida y marimandona, que siempre le hablaba a gritos, pero, por lo menos, empezaba a entender lo que le decía. El clarinete no es que fuera un poeta, pero cuando le venía la vena artística, recitaba con tanta dulzura que valía la pena prestar atención, sobre todo, cuando los demás le dejaban en paz y no se metían con él.

Con la que mejor se llevaba era con su prima segunda, la viola. Era muy dulce, bueno, cuando no estaba de mal humor, y podía jurar que, algunas veces, mientras tocaban juntos, hasta le echaba algún piropo y no podía evitar sonrojarse.

Hay pocas cosas en el mundo tan bonitas como escuchar una conversación entre diferentes instrumentos. Siempre hay uno que intenta imponer sus puntos de vista, pero los demás se resisten y acaban discutiendo. A unos les gusta hablar alto; otros, en cambio, prefieren susurrar secretos al oído y, al final, siempre hay alguien que acaba chillando para pedir, vaya contradicción, un poco de silencio. Son como los humanos, aunque no utilizan palabras para entenderse entre ellos, sino sonidos. Pero, en el fondo, ¿no es lo mismo?

Si algún día os encontráis con un grupo de instrumentos musicales hablando entre ellos, no interrumpáis la conversación. Sin que os vean, sentaos en algún sitio discreto y escuchad con atención, porque seguro que descubriréis cosas asombrosas.

El día fijado para el concurso se acercaba y los nervios de Los Pentasónicos se tensaron al máximo como las cuerdas de un violín.

—Oye, el otro día en el avión, mientras repartías los bocatas...

—Querrás decir: mientras se los comía —le corrigió Clara.

—De eso nada, mariposa, nadie me pidió ninguno —se defendió Braulio—, así que me los comí yo todos, para que no se echaran a perder.

—¡Cómo te los iban a pedir si estaban todos mordisqueados!

—Es que, antes de despegar, una azafata me dijo que podía coger uno, pero, como tenían todos tan buena pinta, no sabía con cuál quedarme y los fui probando hasta que...

—No me has contestado, bola de...

—¿De...?

—...Algodón.

—¡Ahhhh! Perdona, Miguel. ¿Qué querías saber?

—¿No viste nada raro durante el viaje?

—¿Algún extraterrestre con antenas y un enorme cabezón verde?

—No, estúpido, algo que te sonase familiar.

—Pues no. Aparte de vosotros, todo el mundo me miraba con mala cara y eso no es muy familiar que digamos.

—Está bien, está bien —aceptó por fin Miguel—. Estar tanto tiempo encerrado en el retrete debió de afectar a mis sensibles neuronas, porque me pareció ver a Borja sentado entre los de primera clase.

El detalle era importante, pero Los Pentasónicos empezaron de nuevo a discutir y se les olvidó enseguida. Últimamente no hacían más que pelearse entre ellos por cualquier motivo: una nota a destiempo, un silencio demasiado largo, un atril cojo que nadie quería porque se balanceaba como un trasatlántico en plena tormenta tropical cuando Braulio soplaba la trompeta con demasiado ímpetu..., cosas sin importancia, pero que, a la larga, podían acabar haciendo añicos una buena amistad.

Y, como siempre suele suceder, de esa lamentable circunstancia se aprovecharon sus más directos enemigos: El Escuadrón del Ruido.

—¡Jefe!, ¡Jefe! —Pepo peinó el patio, a toda velocidad, hasta que encontró a Borja en un rincón alejado chantajeando a uno del primer curso.

—¿No puedes esperar hasta que desplume a este novato?

—No, jefe. Es algo muy importante.

—Un segundo —le dio un empujón a su pobre víctima y ésta salió disparada, como un misil, agradeciendo su buena suerte a todos los santos de todas las religiones del mundo—. Dime, y espero que sea tan importante como dices, porque acabo de perder bastante dinero.

—Sí, jefe, es importante.

—¿Me lo vas a decir o no?

—Sí, jefe, es muy importante.

—¡O me lo sueltas ya o te meto...!

—¡Tienen la partitura de ese Mo..., de ese Mozzzz... —bofetón de Borja y el cerebro de mosquito de Pepo se desatasca—, de ese Mozart!

—Por fin lo has dicho.

—Sí, jefe, pero no hacía falta recurrir a la violencia.

—Ya sabes el refrán: «Quien bien te quiere, te hará llorar».

—Sí, jefe.

—¿Y cómo te has enterado de que tienen la partitura?

—Es muy fácil. Están ensayando una pieza tan bonita que tiene que ser ésa. Es tan dulce y fina como la tarta al whisky de mi *cumple,* pero, al mismo tiempo, se te pega al paladar como un chicle extrafuerte de fresa. ¿Cómo lo diría...? Tocarla es tan sencillo como tirar una piedra y romper el cristal de una ventana, pero, luego, una vez que la tienes dentro, ya no puedes quitártela de encima y la tatareas hasta en la ducha.

—¿Qué dices, si tú no te lavas desde que hiciste la Primera Comunión y tu abuela te obligó?

—Es que esa música es muy buena, jefe.

—¿No me digas?

—Es más. Si tocan eso en el concurso, seguro que ganan.

—Será si tienen algo sobre lo que tocar.

—Jefe, creo que me he perdido.

—Convoca esta noche a todos en la entrada del *insti* y ya te irás enterando.

19. La venganza

Esa misma noche, los miembros del Escuadrón del Ruido se habían vuelto a reunir, pero no precisamente para ensayar. Cada uno sabía lo que tenía que hacer. Se pusieron unas medias de seda en la cara y saltaron la valla del instituto sin armar jaleo. El conserje ni se enteró. Al fin y al cabo, habían hecho esta misma operación de abordaje miles de veces, como los astronautas antes de que les dejen salir al espacio.

Pero quedaba todavía la operación más difícil: abrir la puerta principal. Unos cacos cualesquiera la habrían derribado golpeándola con un par de mazas y habrían despertado a toda la policía del barrio. Por esa razón, los de la banda de Borja preferían usar métodos más sutiles.

—¿Tienes la llave, Débora? —preguntó el jefe, aunque ya se sabía de memoria la respuesta.

—Por supuesto.

Ya sabéis que Débora era la chica bombón del instituto. Desde primero había sido recibida con división de opiniones: los chicos se derretían cuando pasaba a su lado y las chicas, en cambio, odiaban sus rizos dorados, sus cejas finas y sensuales, sus labios carnosos y, sobre todo, la colonia cara que usaba.

Su madre era *esteticien* y eso marcaba una gran diferencia entre ella y sus compañeras de clase. Desde pequeña se ponía todos los potingues de muestra que le sobraban a su madre.

—Fácil, como de costumbre. ¿No?

—Sí, al portero se le cae la baba cuando me acerco contoneando las caderas —añadió Débora sin darle la menor importancia—, y, la verdad, birlarle la llave de repuesto, que tiene guardada en el cajón del coñac, es un juego de niños.

—¡Perfecto! —se alegró Borja—. Ahora, que algún *trirrepetidor* abra la puerta. A vosotros que os expulsen os da igual, pero yo, como hijo predilecto del presidente del AMPA, no puedo dejar huellas.

La puerta del instituto cedió con la suavidad de un suspiro de monja y El Escuadrón del Ruido pudo entrar tranquilamente.

Pero ¿cuál era su objetivo? ¿La caja fuerte? No. ¿Robar el examen final de *mates?* Tampoco. ¿Falsificar las notas en el ordenador de la sala de profesores? No. Nada de eso les importaba aquella noche.

—¿Dónde está el piano, jefe? —se oyó preguntar a Kurro en la oscuridad.

—¿Desde cuándo te saltas la clase de música?

—¿¡Dan música en este instituto!? —se extrañó el aludido.

A Borja y sus compinches no les bastaba con ganar el concurso de interpretación musical. A la vez tenían que dejar en ridículo a aquellos mocosos que se habían atrevido a desafiarlos.

—El piano está en el gimnasio.

—Gracias, Pepo, eres un amigo.

Kurro se lanzó por el pasillo a toda mecha, y su amigo del alma aprovechó la ocasión para ponerle la zancadilla. ¡Bum! Se estampó contra la pared e hizo retumbar todos los muros del centro.

El resto de la banda cayó también al suelo, pero muertos de risa, y no despertaron al portero de puro milagro.

—Menos mal que le metí tres pastillas de las que usa mi madre para dormir en la botella de coñac —les riñó Débora.

No les costó mucho encontrar la sala de música, a pesar de que todo estaba muy oscuro. Fuera se puso a llover y un rayo, de repente, iluminó la clase. Allí estaba, en un rincón, más solo que nunca: EL PIANO.

—Jefe, ¿saco ya el *spray* para encender barbacoas?

—Qué bien, Kurro, vamos a comer salchichas.

—¡Qué brutos sois! —se desesperó Borja—. Todo a su tiempo. Sácalo y rocía el piano sin olvidarte ninguna parte.

—¿El piano, jefe?

—Sí, el piano, estúpido.

—A sus órdenes, jefe, pero la profe de música se va a mosquear un poco.

Un zumbido muy fino, como el de una mosca revoloteando sobre un pastel de nata, comenzó a envolver al pobre piano.

Débora, mientras tanto, encendió un cigarrillo y, después de darle un par de caladas muy profundas, se lo entregó solemnemente a Borja.

—A la de tres todo el mundo fuera.

Al día siguiente, donde estaba el viejo piano sólo quedaba un montón de cenizas.

El conserje confesó a la policía que se había quedado dormido en el sofá de la sala de profesores y que había soñado que se metía dentro de una colmena y le picaban un millón de abejas.

20. El gran día

Llegó el día del concurso y todos los alumnos se concentraron, con más morbo que curiosidad, en el salón de actos. Hacía una semana que corrían las apuestas por el recreo y casi todos apostaban por la suspensión del acto debido a la no comparecencia de Los Pentasónicos.

La profe de música fue la única que entró de

mala gana. ¿Quién tenía el alma tan negra como para quemar un piano? Primero se empezaba quemando un instrumento musical, después una fila de libros (ambos son el alimento de nuestra libertad), luego quemarían las escuelas y, finalmente..., las víctimas serían los niños. ¿No estaban los informativos de la tele llenos de asesinatos y de imágenes de bebés muriéndose de hambre? ¿Qué mundo estábamos construyendo sin música, sin libertad, sin justicia?

Estos negros pensamientos le pesaban tanto en la cabeza, que entró como una sonámbula hasta que se desplomó en la última butaca. La jefa de estudios fue a por ella,

pero, al verle los ojos hundidos, decidió regresar sin decir nada a la primera fila, donde estaba el resto de los profesores.

—¿Batería de pedos lista? —preguntó Borja a sus colegas que estaban situados estratégicamente al lado del jurado.

—Ohé, ohé ohé ohé, ohéééééé, ohéééééééééééééé —arrancó Diplodocus mostrando su puño al presidente del jurado.

Éste, un hombre de mediana edad, taciturno y con un desagradable rictus en la comisura de su labio inferior, comenzó a sudar, se desabrochó el nudo de la corbata, de puro nerviosismo, y se arrepintió de no estar en el miniapartamento de la Costa del Hormigón con su mujer. «Yo me voy —le había advertido ella sin ganas—. Si pones un pie en ese instituto, las bandas juveniles te comerán a trozos.»

—Atención, muchachos, que viene lo mejor —anunció Kurro a su pandilla de extorsionadores.

Las luces del patio de butacas se apagaron sin previo aviso y todos los alumnos, por primera vez en su vida, se quedaron callados. Los profes no se podían creer el silencio que estaban oyendo con sus propias orejas. Ni en el primer día de clase de los novatos, cuando entrar en el centro todavía impone (sobre todo, por las crueles novatadas) habían conseguido tapar la boca de sus alumnos.

La expectación se disparó aún más cuando, del fondo del escenario, surgió una figura con orejas de soplillo y se acercó al único foco que estaba encendido.

—Hola, enanos.

No era un vampiro.

—Estamos aquí reunidos para...

Ni tampoco un zombi.

—...darnos cuenta de la importancia que tiene la música en nuestras vidas.

Era, simplemente, el *dire.*

¿Quién si no podía estar haciendo un discurso tan cursi en ese momento?

—Yo creía que habíamos venido a cachondearnos de los músicos —le confesó, por lo bajini, un chaval de segundo a otro de tercero.

—¡Claro!, es lo mismo que está diciendo el *dire,* pero con palabras menos rebuscadas. Es que el pesado ese da lengua en tercero.

—Cuando comenzó el curso —siguió leyendo el director del instituto sin hacer caso a los primeros bostezos del público, que cada vez se hacían más grandes—, la única música que se escuchaba en este instituto eran las bocinas de los coches atascados en la calle.

No obstante, llegados al final de esta singladura académica y gracias a la labor impagable de una nueva profesora, el que más y el que menos ya es capaz de distinguir una corchea de una silla. Es más, diría yo, algunos de vuestros condiscípulos, incluso, han aprendido a tocar un instrumento.

—¡Yo aporreo la batería de cocina de mi abuela! —soltó el gracioso de turno—. Es buenísima para hacer *rock* duro.

Risas generalizadas mientras el profesor de guardia recorre las filas para intentar detectar al bocazas, por supuesto, sin resultado alguno.

—La prueba de lo que digo —siguió el *dire* fulminando con la mirada a los de la quinta fila, que tenían fama de camorristas— es que hoy vamos a celebrar el primer concurso musical de la historia de este centro.

Aplausos tímidos de los profesores. Abucheos, con arte y ganas, de los alumnos.

—¿No iban a echar una *peli* de policías que

torturan a los presos? —le preguntó un despistado a su compañera de silla.

—Eso fue ayer en la clase de educación en valores.

—Ahhhh.

—Hay ya tanta afición a la música en nuestro distinguido instituto, que se han presentado al concurso diez grupos. ¡Que salga el primero! —gritó el *dire* con todas sus fuerzas, aunque sólo le salió un gallito desafinado.

Los de siempre volvieron a insultar y abuchear a los que iban a salir.

—Ahora veréis —les comunicó con una sonrisita Borja a sus compinches.

—Venga, ánimo, no tengáis vergüenza.

Ningún alumno se atrevió a levantarse de su asiento.

—¿Qué pasa? ¿De repente ya no os gusta la música? —se empezó a enfadar.

El profesor de *mates* subió al escenario y se acercó al director para decirle algo al oído. El *dire* puso cara de *dire,* es decir, de asco, y agitó los brazos tratando de apaciguar los ánimos en el patio de butacas.

—Tongo, tongo... —chillaron los de la quinta fila.

—¡Basta, niños, basta! Por favor, un poco de silencio. Parece ser que se ha desatado una epidemia de gripe y sólo se han presentado a tocar hoy dos grupos de los diez que se habían apuntado al concurso.

—¡¡Borja, campeón, Borja, campeón!! —empezaron a canturrear, a la vez, desde varios puntos estratégicos del salón de actos.

—¿Qué os dije? —les preguntó a los de su banda, sin levantar la voz.

—Eres el mejor —concluyeron a la vez Kurro y Pepo.

—Muchachos, muchachos, por favor —se desgañitaba el *dire* encima del escenario mientras estrangulaba el micrófono con las dos manos—, no está permitido presionar al jurado.

—¡Borja ganador! ¡Borja ganador! —arreciaron los gritos del populacho.

—Está bien, si persiste vuestra actitud, me veré obligado a expulsaros de la sala.

Por fin, los de siempre se callaron. Las órdenes que tenían eran contundentes: boicotear el acto, pero no provocar la suspensión, porque de allí tenía que salir un claro vencedor, la banda de Borja. Ajeno a esta conspiración, el director pudo continuar:

—Esto ya es otra cosa. Que suba al escenario el primer grupo, que se llama... ¿Dónde habré puesto yo el papelito? Ah, sí: Los Sabihondos.

Nuevo ataque de risa en el patio de butacas.

—Ah, no, éste no es. ¡Los Trapecistas del Ritmo! No, tampoco, que éstos tienen fiebre o algo así. ¡Los Pentasónicos!

Braulio, con la trompeta en una mano y un Donut en la otra, fue el primero que se atrevió a salir, porque la pitada era monumental. Clara apareció detrás dispuesta a lanzar su flauta como una jabalina a los chistosos de la tercera fila, y Miguel quiso cambiar su clarinete por la escopeta de caza de su abuelo, pero no le dejaron. Jaime vino ya preparado: dos tapones bien gordos impedían el paso de los abucheos a su oído interno. La última en subir fue Rosa, y la bronca subió aún más de tono cuando vieron que el grupo estaba ya al completo.

—Al que siga chillando como un energúmeno le pongo un negativo en el examen de lengua —trataba de imponerse el *dire* sin apenas conseguir nada.

Al final no le quedó más remedio que recurrir al profesor de gimnasia. Era también el entrenador del equipo de fútbol y, por lo tanto, el único adulto al que todos los chicos del instituto respetaban.

—¡Piiiiiiiii...! —sopló su silbato como si estuviera en pleno entrenamiento y se hubiera montado la típica batalla de golpes y patadas entre los dos equipos rivales—. Al que le pille con la boca abierta, lo saco del once titular del sábado.

El sábado se disputaba el último partido de la liga escolar y se jugaban mucho: el decimosegundo puesto de la clasificación. El público se calló de inmediato.

—Una vez restablecido el orden podemos continuar —el director señaló con un dedo a Los Pentasónicos—. Cuando queráis, podéis empezar.

—No.

—¿Cómo que no? —se extrañó el *dire*—. Rosa, ¿te has vuelto loca?

—No, señor. No es que no queramos tocar, es que no podemos.

—¿Por qué?

—Porque nos falta el piano.

Una sonora carcajada surgió en la última fila, recorrió el patio de butacas y golpeó el escenario con la fuerza de una ola gigante.

—¿Qué os dije? —murmuró Borja a los que tenía al lado—. Ya tenemos el premio en el bote.

—¡¡Ohé, ohé ohé ohé..., ohéééééé..., ohéééé...!! —Diplodocus volvió a dirigirse al jurado mostrando sus puños de boxeador.

—¡Cállate, que nos vas a descubrir! —la banda de Borja se echó sobre él intentando taparle la boca como fuera.

—Con el dineral que le ha costado al jefe pagar a la gente para que los abucheen... —le confesó Pepo—, ahora vas tú y lo estropeas todo.

Un metro más arriba, sobre el escenario, Los Pentasónicos estaban viviendo el peor día de su vida.

—¿Seguro que no podéis tocar sin el piano? —volvió a preguntar el *dire* con pinta de pasmado.

—Seguro —añadió Miguel—. No sé si se ha dado cuenta, pero somos un quinteto, es decir, cinco, y no un cuarteto, es decir, cuatro, y nos falta un instrumento, es decir, el piano. ¿Capta la idea, o se lo vuelvo a explicar?

—Está bien, entonces sólo me queda una

opción: si no tocáis, tengo que descalificaros y dar por ganador al único grupo que queda todavía dentro de la competición.

—¡Eso no, por favor! —gimió Clara.

—Lo siento, niña, ya sé que habéis trabajado mucho, pero el ganador es...

—¡Espere un segundo, señor director! —se oyó desde el fondo de la sala.

—¡Un negativo para...!

—¡Soy yo, señor director: Tina, la profesora de música!

Un «¡Ohhhh...!» explotó en la garganta de todos los alumnos porque la novata no estaba sola. El conserje, vestido con su mono azul de trabajo, lleno de manchas blancas de pintura, acarreaba un teclado, con su banqueta, y un voluminoso transformador.

—¡Ah, es usted! —el *dire* siempre dejaba de tutear cuando se enfadaba con alguien—. ¿Adónde cree que va con todos esos cacharros?

—Es mi viejo teclado —le respondió la profesora, que, a toda prisa, se acercaba al escenario mientras al portero casi se le cae al suelo—. Mis padres me lo regalaron de pequeña, porque en mi casa no cabía un piano.

—¡Ahora sí que podemos tocar! —se alegró Rosa.

21. La final

Los Pentasónicos sacaron sus respectivas partituras y se pusieron a tocar. Al principio, las notas salían gota a gota y se quedaban flotando sobre sus cabezas como pompas de jabón. Pero, pasados unos pocos minutos, el sonido salía ya a borbotones y, casi sin darse cuenta, la trompeta, el clarinete y la flauta se unieron para lanzar un chorro de sonidos, que subía con fuerza hacia el cielo imitando el funcionamiento de las fuentes de los parques.

Sus compañeros, en el patio de butacas, se quedaron con la mente en blanco y con las orejas abiertas de par en par. Atónitos, veían cómo los sonidos del piano revoloteaban igual que las palomas, picoteando un poco de aquí, un poco de allá, mientras esquivaban los surtidores de los instrumentos de viento.

Jaime miraba con tensión el atril que tenía delante, pero sus dedos se movían entre las cuerdas como bailarinas interpretando a unos ingrávidos cisnes.

Hasta Kurro, que se había pasado medio curso abucheando a la gente, tuvo que cerrar el pico ante el asombro que le provocaba aquella música. «¿Cómo unos mocosos de medio pelo podían accionar aquellos artilugios tan raros y extraer una música tan... tan... tan...»

No fue capaz de encontrar la palabra adecuada y, por una vez en su vida, se arrepintió de no haber abierto nunca el libro de lengua.

En la butaca de al lado, pasaba algo muy parecido: a Diplodocus se le caía la baba del gusto y se metió tanto en lo que estaba escuchando que, cuando la flauta soltó un trino, estuvo a punto de gritar: ¡¡¡¡GOL!!!!

El único que no estaba disfrutando era

Borja. Cada nota, cada compás, cada frase musical le ponía más nervioso y, al final de la pieza, su cabeza parecía una olla exprés a punto de estallar.

Y entonces, ocurrió algo inesperado: la viola de Jaime se saltó el protocolo y se puso a chinchar al resto de los instrumentos («que si soy la mejor, que si toco más rápido que vosotros...»), la trompeta de Braulio lanzó un aullido para bajarle los humos y, de repente, el clarinete se puso a correr para dejar plantados a los demás. La flauta, como era muy ágil, se dispuso a seguirle, y la cosa hubiera terminado muy mal si el teclado, con su voluminoso cuerpo, no hubiera decidido interponerse para poner un poco de paz.

Llegados a este punto, aquello era un aluvión de sonidos. Los dedos de los músicos cada vez se movían más rápido sobre las teclas y cuerdas y, cuando parecía que al público le iba a dar un subidón de adrenalina, la música se paró en seco y explotó con el ímpetu y la majestuosidad del último cohete en unos fuegos artificiales.

Los Pentasónicos pararon al mismo tiempo, resoplaron, dejaron caer sus instrumentos y se lanzaron una mirada cómplice. Habían llegado sanos y salvos, después de múltiples peligros, al último compás de la partitura secreta de Mozart, y el silencio que se produjo en la sala fue absoluto.

La consigna era no animar, en absoluto, a los contrincantes de Borja y nadie se atrevió a mover ni un dedo. Sin embargo, unas manos se pusieron a aplaudir con más nervios que ganas. Era la profesora de música.

El resto del auditorio la miró fijamente y luego se giraron para poder ver también a los miembros del jurado. Con cara seria, estaban tomando notas en sus cuadernos, sin que sus rostros dejaran escapar ninguna emoción.

Uno a uno, los compañeros de clase de Los Pentasónicos, y otros de otros cursos que no conocían de nada, empezaron a arrojar monedas al pasillo del patio de butacas.

Todos entendieron el gesto, menos uno de 1.º A que había faltado a clase una semana por una pulmonía mal curada.

—Jefe, están tirando el dinero que les pagaste para que abuchearan a nuestros competidores.

—Calla, Pepo, que sólo te das cuenta de lo evidente.

Aparte de los profes, nadie se atrevió a aplaudir la actuación de Los Pentasónicos. Las amenazas de Borja pesaban demasiado, pero nadie tampoco lanzó un abucheo más.

—Estoy realmente emocionado —al *dire* se le escaparon las lágrimas cuando abrazó, uno a uno, a los componentes del grupo—. El jurado, por supuesto, tiene la última palabra, pero, lo que es a mí, me ha encantado vuestra actuación —continuó el mandamás del instituto—. Por cierto, ¿quién compuso semejante maravilla?

—Beckham —respondió Miguel en una milésima de segundo.

—¡Ah!, no sabía que, aparte de un astro del balón, fuera también un magnífico músico.

El *dire* cayó en la trampa y el público se rió con ganas de la última ocurrencia de Miguel. Al menos, eso sirvió para relajar el ambiente.

—No, señor director —tomó la palabra la sabihonda de siempre, Rosa—. Esta obra la compuso Mozart y estuvo oculta mucho tiempo hasta que nosotros la encontramos.

—Bueno, a mí también me suele pasar a menudo —aceptó el *dire*—. Guardo las cosas tan bien que luego me vuelvo loco buscándolas.

Esta vez, hasta los pilares del salón de actos temblaron debido a las carcajadas del público.

—Vale, vale, niños, que no estamos en el circo —y cuando las bestias por fin se calmaron, el director se dirigió de nuevo a Los Pentasónicos—. De acuerdo, podéis regresar a vuestros asientos.

Los profes volvieron a aplaudir y Borja a rechinar los dientes de pura envidia.

—Ahora le toca el turno a la segunda y última formación que todavía queda en el concurso —cambió de tono y, como si estuviera en medio de un cuadrilátero de boxeo, empezó a aullar—. Que suba al escenario: El Escuadrón... del... Ruido.

Los repetidores caldearon el ambiente con sus rugidos y el salón de actos se convirtió en un estadio de fútbol a la salida de los jugadores del equipo de casa.

—Y van a tocar —el *dire* consultó otra vez su chuleta amarillenta y arrugada, que, de pura vergüenza, llevaba guardada en un bolsillo de su chaqueta sin planchar—, van a tocar... —los gritos de los que siempre armaban bronca se pusieron a todo volumen—, van a tocar... —los berridos taladraban los tímpanos de todo aquel que estuviera a un kilómetro a la redonda—. No puede ser, aquí debe de haber un error, porque es el título de la misma pieza de antes.

El Escuadrón del Ruido no dio tiempo a que ningún profe pudiera reaccionar. Borja dio un sonoro manotazo a las cuerdas de su guitarra y, de un salto, se aupó al escenario con su media melenita tapándole los ojos.

Era la señal convenida. Los de su banda salieron por detrás de las cortinas dispuestos a comerse a la audiencia. Diplodocus se sentó a su batería y la aporreó con las mismas ganas con las que devoraba una pierna de cordero asada. Pepo agarró su bajo como si

estuviera bailando con la chica más sexy del instituto y Kurro..., Kurro pisaba con ansia las teclas de su sintetizador de última generación emulando a su teclista favorito, el líder de Los Escarabajos Peloteros.

Aquello, desde luego, era *rock* tirando a duro, el de las guitarras chillonas, el teclado peleón y la batería machacona, pero sonaba..., sonaba a gloria celestial.

A las notas de Mozart le habían hecho un lavado de cara y ahora parecía que venían de otra galaxia. Sonaban relucientes, modernas, a la última moda.

La melodía que antes sonaba tan dulce en la flauta, ahora, en cambio, se había enfadado al entrar en la guitarra eléctrica y pedía marcha. El joven y brillante sonido de la trompeta se había disfrazado de viejo boxeador, que peleaba su último combate entre las cuerdas del bajo. Y las notas del clarinete, antes tan afiladas y dulces, se bajaron a jugar con los platillos de la batería y saltaban, de un lado para otro, como en el trapecio de un circo.

¡Vaya pasada! Los del patio de butacas no pudieron contener los impulsos que recibían desde el escenario y empezaron a mover el esqueleto. Primero se puso nervioso el dedo meñique del pie izquierdo. Después, el pulgar de la mano derecha comenzó a seguir el ritmo y, de sopetón, todas las partes del cuerpo decidieron seguir la música.

Los más atrevidos, incluso, se lanzaron al pasillo a bailar y aquella tarde ligaron más que en todo el curso.

Por fin, Borja dio el último latigazo a las cuerdas de su guitarra eléctrica y sus compañeros se desplomaron al suelo, como mario-

netas a las que les hubieran cortado los hilos invisibles que las sostenían.

El público aplaudió a rabiar y no sólo por la actuación de El Escuadrón del Ruido, sino también por lo injustos que habían sido antes con el otro grupo, Los Pentasónicos.

Miguel quiso salir a saludar, pero los puños de Diplodocus le quitaron las ganas.

Por cierto, la banda de Borja no había necesitado robar la partitura de Mozart. No hizo falta. En uno de sus habituales despistes, Miguel se la había dejado olvidada encima de la fotocopiadora del instituto. La secretaria la confundió con una carta de Hacienda y se la había dado al director. Sin querer mirarla, no fuera un comunicado de sanción por evasión de impuestos, el director se la envió al conserje y éste, con las manos llenas de grasa, se la había entregado a su mujer, que la puso de papel secante debajo de la maceta de sus geranios amarillos. Y allí se hubiera ennegrecido por el paso de los años si Kurro no hubiera pulverizado la planta de un pelotazo y Pepo no se hubiera acercado a recomponer la planta con cinta adhesiva. El resto ya es historia.

—¡Vaaaayaaaaa! —lanzó al aire el *dire* llevándose el micrófono a la boca como si fuera a tragárselo de un bocado—. ¡Muchachos, viva el *rock and roll!* —sin embargo, al ver la cara que estaban poniendo algunos profesores decidió disculparse—. Bien, perdonad este arranque de euforia juvenil. Tenéis razón, lo más importante es el concurso y ahora ha llegado el momento decisivo: el veredicto del jurado.

Rosa se fijó en los dos hombres y tres mujeres sin piedad que estaban sentados en un rincón oscuro del escenario. Diplodocus también los miró, y el presidente sudaba océanos cuando se levantó para emitir su imparcial decisión.

Mientras tanto, en el patio de butacas corrían las últimas apuestas. Había quien se había gastado los ahorros de todo un año y la expectación llegó hasta tal punto que muchos contuvieron la respiración y alguno casi se muere ahogado al olvidarse de tomar aire.

—¿Cuál es su veredicto? —preguntó solemnemente el *dire* al portavoz del jurado.

Los focos iluminaron su figura y una sombra larguirucha y puntiaguda se extendió por el escenario.

El jurado, en cuestión, estaba compuesto por catedráticos de interpretación musical en el conservatorio más cercano (es decir, a doscientos kilómetros de distancia, no fuera que la música pudiera contagiar a los inocentes niños del barrio) y todos tenían fama de huesos duros de roer.

—Después de una larga deliberación —Diplodocus fijó sus pupilas de psicópata en cada uno de ellos, y los huesos duros de roer se derritieron como helados en pleno desierto—, hemos dudado mucho a la hora de valorar los méritos de cada participante y...

Diplodocus apuntó con sus dos baquetas (los palos que sirven para aporrear la batería) al cráneo del presidente del jurado.

—Ese gesto es inconfundible, quiere decir: nos das el primer premio o te meto el palo por la nariz y te saco la punta por la oreja.

—Gracias, Miguel, por la traducción —le agradeció Rosa—. Eres único dando ánimos.

—No obstante —la amenaza gestual de Diplodocus desatascó inmediatamente la garganta del portavoz del jurado—, ya tenemos el nombre del ganador.

—¿Quién? —gritó el *dire* con impaciencia.

Tenía unas ganas enormes de acabar para

irse al bar de la esquina a tomarse un par de cervezas y olvidarse de aquel nefasto curso, al menos, hasta después del verano.

—El ganador es...

Borja cogió su guitarra como un bate de béisbol.

—Ejem —se trabucó el presidente al percatarse de aquel movimiento nada amistoso—, el ganador es...

Pepo sacó unos nudillos de acero del bolsillo y se los puso en el puño derecho con mucha delicadeza, para que todo el jurado lo viera.

—Es...

Kurro se dispuso a afilar su navaja.

—Es...

Débora activó su famosa mirada de rayos paralizantes, la misma que había hechizado a medio *insti.*

—¡El Escuadrón del Ruido! —por fin pudo escupir la frase y se quitó de encima un peso equivalente a la masa de veinte millones de soles.

El público aplaudió con ganas y la cosa salió tan bien que nadie sospechó que, un día antes, la banda de Borja había metido allí a todas las clases para ensayar la jugada. Y al que no aplaudiera llegado el momento, le habían amenazado con ponerle un *piercing* en la nariz sin anestesia local.

—¿Clara, qué te pasa?

La pequeña de Los Pentasónicos no pudo resistir más la presión y se desmayó delante de Miguel, quien, a su vez, se puso a chillar como un cuervo apedreado.

La profe de música se acercó corriendo mientras Braulio intentaba abanicarla con la partitura de Mozart, que aún llevaba en la mano. Hasta ahora era su amuleto de la suerte, pero, después de perder el concurso, ya estaba decidido a tirarla por el retrete más cercano.

Subidos en su nube particular, Borja y los suyos estaban celebrando el premio como sólo ellos sabían hacerlo: propinándose todo tipo de patadas y barrigazos. Diplodocus, llevado por una incontenible alegría, se pasó un

poco y Pepo cayó al suelo fulminado llevándose las manos a la entrepierna.

—La navaja queda confiscada —le advirtió el *dire* a Kurro.

—Si es un regalo de mis padres...

—¿Alguna vez han intentado regalarte un libro, a ver qué pasa?

—Ni se les ocurre, no son tan cursis como los de los niñatos esos de Los Pentasónicos.

—Ésos están acabados, *dire,* se lo digo yo —completó Pepo desde el suelo y con un hilillo de voz.

—Débora, recuérdame que mañana visite a los que no aplauden con el debido entusiasmo.

—Sí, cariño. ¡Cómo me gustan los triunfadores como tú!

—Ejem, ejem —el carraspeo de la vicepresidenta del jurado interrumpió la celebración de los vencedores—, aún no hemos terminado de comunicar nuestra decisión final.

—Como esa señora con bigote quiera darme un beso por la aplastante victoria —le aclaró Kurro a Pepo—, le doy un guantazo...

—El jurado ha decidido también, por unanimidad, otorgar otro primer premio.

—¿Otro? —balbuceó Borja sin poder digerir la sorpresa.

—Sí, muchacho, porque hay otro grupo que también se lo merece —completó la catedrática viendo que Diplodocus seguía celebrando su premio sin darse cuenta de lo que estaba ocurriendo a su alrededor.

—¡¿Qué?! —a Débora le entró una crisis de pánico.

—Adelante, señora mía, diga lo que tenga que decir —completó el *dire.*

—El jurado quiere también premiar el tesón de unos jóvenes músicos que han trabajado muy duro para poder encontrar todo un tesoro musical.

—¡¡¡Bravo!!! —la profe de música no pudo reprimir más sus impulsos.

Y fue el detonante de la gran explosión final, porque, uno a uno, sus compañeros se pusieron de pie y comenzaron a aplaudir. Algunos alumnos todavía temían las represalias de la banda de Borja, pero la mayoría ya

se había contagiado del entusiasmo por la música y gritaban como locos: «¡Viva Mozart!»

—Silencio y un poco de atención, por favor —se esforzaba en pedir el director desde el escenario apretando el micro a su boca como si fuera una estrella de *rock*—: Los Pentasónicos ganan el segundo primer premio del concurso.

Los Penta se abrazaron y dejaron de sostener a Clara, que se estampó contra el suelo. El batacazo se oyó en la otra punta de la ciudad, pero, al menos, el golpe sirvió para sacarla de su estado medio comatoso.

La banda de Borja tenía terminantemente prohibido aplaudir al grupo rival, sin embargo, por una vez, los chicos se olvidaron de sus amenazas y se pusieron a aplaudir con entusiasmo. Era el triunfo del esfuerzo y las ganas de luchar, como, cuando suspendes todas las pruebas parciales de *mates* y, al final, te encierras en casa y sacas un diez en el último examen y a tu profesor le da un síncope.

Al ver aquella rebelión de las masas, Borja estuvo a punto de arrojarles su guitarra eléctrica desde el escenario. No obstante, se lo pensó mejor: había ensayado tanto durante las últimas semanas, que le había cogido cariño y optó por meterla, con todo cuidado, en su funda, no se fuera a constipar con aquel vendaval de vivas y aplausos.

Diplodocus (ya sabéis, la diplomacia no es

lo suyo) se dispuso a bajar del escenario para zurrar a los de la quinta fila, que aplaudían con excesivo entusiasmo y, justo en ese momento, algo le detuvo.

—Y a todo esto, ¿cuál es el premio? —preguntó de repente Miguel cayendo en la cuenta.

—Eso, eso —se interesaron todos inmediatamente.

—Nada de dinero —les desanimó enseguida el *dire* con su habitual humor de perros—, que luego os lo gastáis todo en videojuegos guarros y llenos de violencia.

—¿Entonces? —añadió Kurro desde el bando contrario.

—Nos costó mucho encontrar un buen premio —les confesó la profe de música.

—No es tan difícil —terció Pepo—. ¿Qué le parece unas entradas para ver la final de la copa de Europa desde el palco?

—¡Y un jamón! —contraatacó el profe de gimnasia—. Si llegan a dar eso, me hubiera presentado hasta yo. Y habría ganado sin dudarlo, porque yo fui el corneta suplente en mi regimiento. «¡Quinto, levanta, tira de la manta!» —se puso a vociferar como un energúmeno—. «¡Quinto levanta, tira del mantón!»

—Tranquilos —continuó la de música—, que en mi departamento ya hemos encontrado la solución. ¿No habéis ganado gracias a Mozart?

—¿Pero no era Beckham? —preguntó un despistado—. ¿En qué equipo juega ese tal Mozart?

—Pues habéis ganado un magnífico viaje, con todos los gastos pagados, a Salzburgo, la ciudad donde nació Mozart.

—¡¡¡¡¡NOOOOOOOO!!!!!

Por primera vez, Los Pentasónicos y El Escuadrón del Ruido estuvieron de acuerdo en algo.

Y no fue la última. Pero eso es otra historia: cuando se encontraron en París a un músico loco, que tocaba el piano como un ruiseñor con dolor de muelas.